SV

Ulla Berkéwicz
Über die Schrift hinaus

Suhrkamp

Erste Auflage 2018

Druck: Pustet, Regensburg
Printed in Germany
ISBN 978-3-518-42787-3

Über die Schrift hinaus

Seit Menschen denken, seit das Gedächtnis sich erinnert, entstanden Riten, Formeln, Verse; Kulte, denen die Vorstellung vom Überfluß des Verborgenen in das Offenbare zugrunde lag.

»Ohne Mühe bewegt sich eine Welt in der anderen«, so steht es vor Tausenden von Jahren in die ›Bücher des Wissens‹, den ›Veda‹, eingeschrieben, dessen älteste Verse Versionen eines noch viel älteren poetischen Evangeliums sein könnten, einer noch viel älteren Sprache als jenes Sanskrit der Veden, einer Metrik nicht vom Verstande geschaffen, sondern durch das Vibrato des Nichtoffenbaren an die Wörter geschirrt.

Um dem Verderbenskreislauf von Geburt und Tod zu entkommen, bedurfte der in die Dinge Hineingeborene, der in sie Verstrickte, auf seiner langen Reise durch die alte Nacht einzig des Erkennens. Man tat das Denken, »man gräbt und gräbt«, wie es im Rig-Veda heißt, bis das kreisende Bewußtsein, seines Kreisens gewahr, auskreiste, sich versenkte, in sich versunken und gestiegen bis auf seinen Grund, hoch oben im vedischen Wind der Formeln und Verse, wo der Geist auf den Geist traf, der war, bevor etwas war, wo der Geist mit dem Geist im Geiste war.

Seit Menschengedenken waren es die in ihre »geheimen inneren Räume Versunkenen«, wie es im Rig-Veda weiter heißt, die denken wollten und denken wollten, daß sie dachten, »um die Dunkelheit zu spalten, bis sie ihr eigenes Licht abgibt«, in ihrem Kahn, auf seiner Fahrt zu ihren Himmeln, im Fahrwasser ihrer Hymnen und Gesänge.

Das Ringen um Erkenntnis und sein Versmaß, der Kultus, blieb jahrtausendelang der Luftraum derer, die sich ihm verschrieben, der Hoheitsraum, in den die Dinge sich zu fügen hatten.

Dem Volksglauben nach sind die Veden eine Auswahl, welche die Rishis, ihre Dichterseher, aus einem ungleich größeren Codex einer reicher beschriebenen Vergangenheit mit der Hellsicht derer getroffen hatten, die »das Band des Seins im Nichtsein ausfindig machten« und die Jahrhunderte des Zwielichts kommen sahen mitsamt der auf sie folgenden Dunkelheit. Das Vermächtnis der Zeitalter der Intuition an die der Logik, der Vernunft und an jene der Blindheit.

Judentum und Hellenismus, beide sind an das Wort gebunden, in beiden nimmt das Wort den Platz ein, den in der Lehre des Veda der Geist einnimmt. Das Wort aber war für die Rishis nur ein Surrogat. Die Metrik erst, die Euphonie der Worte, ihr Zusammenhang mit Form und Handlung, führte zur Inspiration, zu Begeisterung, zu Erlösung. Die Kunst des Ausdrucks war ihnen nichts als Mittel, das zu schauen, was das Wissen nicht weiß. Orphische und eleusinische Mysterien, Residuen vedischer

Lehre womöglich, aus deren Geist die Lehren des Pythagoras und die des Platon entstanden, taten es ihnen nach. Noch Demokrit von Abdera riß sich die Augen aus, um zu erkennen, und bis zur Mitte des 19. Jahrhunderts noch galten die, die Erkenntnis herauszutreiben suchten aus sich selbst, die um den Ausdruck ihres Inbilds rangen, nicht als arme Tropfen auf den heißen Stein.

Seither zerbricht das Versmaß. Das Wissen, dessen Fahrzeug es gewesen, wurde mit dem Banne des Sinisteren belegt, und seine letzte Feste, die alte platonische Seelenburg, von jener taxierenden Bruderschaft geschleift, die Eingebung ausgab als Folie obscure und die Besitzbürgersozietät zur Gründung einer Religion ihrer selbst anstiftete. Ihre Konsorten, die Kohorten, die Wirtsmänner des Konversionsbetriebes, die Ökonomen schwirrten aus und fielen ein. Vermaßen sich, unsere Unermeßlichkeiten zu vermessen und sie dem Niemandsland des Kapitalbesitzes zuzuschlagen als Fundament für dessen technoide Weltgestalt.

Seit der hohe Rabbi Löw vor vierhundert Jahren in Prag einen Golem erschaffen haben soll, nahm jene Entwicklung ihren Lauf, die im abendländischen Vertrag mit der Aufklärung mündete, wurde Magie durch Ideologie ersetzt, innere Schau durch Psychologie und Staunen durch Objektivierung.

Seit Norbert Wiener vor siebzig Jahren eine Wissenschaft von Mensch und Maschine begründete, die er Kybernetik nannte, mußten wir lernen, uns in einer Welt zurechtzufinden, die von komplexen systemischen Zusammenhängen, von Rekursionen, Rückkopplungen und Vernetzungen bestimmt wird, welche nicht vollständig beschreibbar sind, da es die hierfür notwendige Mathematik noch nicht gibt.

Rabbi Löw war der geistige Urahn Norbert Wieners, der die Grundlagen zu jener ›mathematischen Magie‹ schuf, die den Golem unserer Tage, den Komputer, hervorbrachte. Rabbi Wiener ist der geistige Ahn all jener Gelehrten und Wissenschaftler, Ingenieure und Schlawiner, die sich nicht mehr die Erfahrung von Welt, deren Verständnis, die Erkenntnis zum Ziel gesetzt haben, sondern deren Berechenbarkeit, die Manipulation, Simulation, Emulation.

Seit also die exakten Wissenschaften des magischen Agens, die Theogonien und Kosmogonien des Hermes Trismegistos und des Moses Ben Amram, die dem all einen Zwecke dienten, das universale Gleichgewicht, die aus der Analogie der Gegensätze resultierende Harmonie zu erhalten oder wiederherzustellen, dem Vergessen anheimgefallen, seit Manipulation mit Hilfe naturgegebener Mittel durch die unberechenbaren Möglichkeiten unserer Vorstellungsfreiheit, unseres baren Selbst, der Manipulation durch Berechenbares gewichen ist, seit kommerzialisierte Zweigwissenschaften mehr öffentlichen Reiz darstellen als ihre exakten Stammschulen,

Zombiologie und Technomagie wirtschaften und wüten, Statistik als adäquate Beschreibung von Realität gilt und das Geräusch der Spülmaschine sich anhört, als atme da wer zuverlässig in unsere Gottverlassenheit, sind wir auf dem Abweg, uns selber um uns selbst zu bringen, uns der Struktur des Formalen anzupassen und als ›Maschine der Natur‹ berechenbar zu werden. Müssen wir, wie Erwin Schrödinger, der Quantenheilige, in weiter Voraussicht schrieb, fürchten, »daß wir uns entwicklungsmechanisch dem Ende einer Sackgasse nähern«.

Als LSD-Aktivisten, angeführt von Timothy Leary, in Zeiten des Kalten Krieges zum Zwecke der ›Bewußtseinserweiterung‹ Pionierfahrten ins innere Überall organisierten, Maharishi dem Westen die vedische Kunst der Versenkung bescherte und Bhagwan die tantrische der Verschmelzung, als Castañeda die weisen Schlangen aus Ixtlan in die Welt entließ, auf denen die Blumenkinder mad, free, groovy und voller Protest auf ihrer ›journey to the east‹ aus Raum und Zeit ritten, hinein in die Sonnenaufgänge ihrer Strände, wo sie, berauscht von Morning-glory-Samen von Hanf, Pilz und Mutterkorn, dem Wassermannzeitalter entgegengrüßten, als Jim Morrison ›break on through to the other side‹ röhrte und sich um die bewußtseinserweiternde Drogenecke brachte – dämmerte die Idee der Netzwelt auf, begannen Wissenschaftler im Geiste Wieners in Krasnojarsk, Novosibirsk, in Los Alamos, Santa Clara Valley, Princeton und Rechovot an elektronischen Denksystemen zu arbeiten, riesigen Apparaturen, vor denen man sich mit gepanzerten Glaswänden zu schützen suchte, da man sie, im ahnungslosen Bewußtsein ihrer Brandgefährlichkeit, für brandgefährlich hielt.

Zu jener Zeit war noch nicht vorstellbar, daß sich militärische und politische im Verein mit wirtschaftlichen Mächten dieser Technologien bedienen, daß sie ein weltumspannender Machtfaktor werden, den der Kapitalismus nach Ende des Kalten Krieges, nur zwei Jahrzehnte nach Monterey und Woodstock, als Herrschaftsinstrument seiner Verkommenheit nutzen würde. Daß es ein Übergriff auf das einem jeden innewohnende Eigene, Eigentliche sein wird, der uns auf den Gipfel jenes »Weltzustands der Verzweiflung« treibt, welcher uns in den dreißiger Jahren aus Walter Benjamins Feder vorausgeschrieben. War nicht vorstellbar, daß Unterwerfung für Freiheit und Ausbeutung für Verdienst gehalten würde, daß der Weg der Aufklärung ins finsterste Dunkel führt, um dort vielleicht zu enden, in technomorphen Händlerräumen einer konstruierten Welt, unter Kontrolle durch Systeme, die nicht mehr beherrschbar sind.

Das Signal ist längst gesetzt, der Abweg weist keinen Ausweg. Ohne jene Ordnungsstruktur, die durch symbolverarbeitendes Maschinenwerk Orientierung vorgibt und Steuerung, verdirbt der Autist in seinem Schacht. Jedoch geborgen in seinem Einschaltkreis, dünkt er sich unberührbar, unverletzlich. Sein Tasten-Hiphop täuscht ihm Allmacht vor, Freiheit zu Schöpfung und Zerstörung.

Zur Bachschen Fuge aber, die eingegeben werden muß, um komplexere Programme abzurufen, solche, die in prinzipielle Undurchschaubarkeiten führen, Koordinaten, auf denen Löw und Wiener einander treffen könnten, sind nur wenige begabt, und von den wenigen warnten viele vor dem System für alle.

Also sprach Rabbi Weizenbaum: »Niemand hat sich vorgenommen, ein solches System herzustellen, niemand hat das System hergestellt. Niemand hat irgendeine Autorität oder eine Verantwortung für das ganze System, und es stellt sich heraus, daß niemand es abschalten kann.« Und berichtete, daß Rabbi Wiener schon Mitte der vierziger Jahre in seinem ›Brief an einen Kollegen‹ »den Zusammenhang zwischen der Technik und dem Bösen in der Welt« erkannt zu haben glaubte. Zur gleichen Zeit sprachen Horkheimer und Adorno von der »rätselhaften Bereitschaft der technologisch erzogenen Massen, in den Bann eines jeglichen Despotismus zu geraten«.

War die Idee einer weltweiten Selbstzensur der Jungs vom Physikkartell nicht schon 39 in die Hose gegangen? Hatte Heisenberg später nicht gestanden, im selben Sommer hätten noch zwölf Männer den Bau der A-Waffe verhindern können? Fermi und er hatten dazugehört, hätten den Anfang machen müssen, haben ihn nicht gemacht. Warum? Was sagen die Rabbinen?

Die Mathematik ist eine Wissenschaft aus sich selbst

heraus, wie die Magie. Mathematik und Magie schaffen einen Ausdruck für Verhältnisse, der alle Erfahrung übersteigt, wie Musik, wie Poesie. Dort aber, wo der Ausdruck ›angewandt‹ wird, läuft er Gefahr. Und nur die Meister sind imstande, sie zu bannen.

Löwe Judah ben Bĕzalel, genannt Rabbi Löw, also soll seinerzeit mit Hilfe kabbalistischer Formeln in Prag einen léjmenen Gójlem erschaffen haben. Durch ein Stück Hirschpergament oder ein Schiefertäfelchen, auf dem die vier Buchstaben des unausgesprochenen Gottesnamens geschrieben standen, der Schem ha-meforasch, das er dem Golem in Stirn oder Mund geschoben, soll er jenem alsdann eine Art Lebendigkeit verschafft haben. Doch da der Golem eine Kreatur ohne Seele gewesen sei, so sei er auch ohne Sprache gewesen. Stumm und ergeben habe er dem Hohen Rabbi gedient und dessen Gemeinde durch die gewaltige Kraft, die ihm eingeschrieben, vor Pogrom und Verfolgung geschützt. Damit aber auch jener den Heiligen Sabbat einhalte, habe der Hohe Rabbi ihm jeden Freitag beim Aufgang des Abendsterns den Schem aus Stirn oder Mund gezogen, so daß jener bis zum Aufgang des Samstagabendsterns als leblose Lehmfigur neben dem kalten Herde gehockt habe. Eines Abends jedoch habe der Hohe Rabbi vergessen, den Schem aus Stirn oder Mund des Golems zu ziehn, und sei ins Bethaus gegangen, um den Sabbat zu empfangen. Alsbald habe ein großes Geschrei, ein ungeheurer Lärm aus den Gassen sein Gebet gestört, denn der Golem sei toll geworden, habe sein Unwesen getrieben und damit begonnen, die Prager Judenstadt zu zerschlagen. Der Hohe Rabbi sei aus der Synagoge gestürzt, habe mit dem Golem gerungen und ihm nach heftigem Kampfe den Schem aus Stirn oder Mund gerissen. Worauf der augenblicks als lebloser Lehmklumpen in sich – oder wohin? – zusammengesunken und zu Boden gefallen sei. Der Hohe Rabbi aber habe die léjmene Masse auf den Dachboden der Altneuschul verbracht, wo niemand, so heißt es, hinaufdarf, bis zum heutigen Tage nicht.

Warum hat der léjmene Gójlem sein Unwesen getrieben? Warum trieb ihn was, zu wüten gegen das, wofür er gemacht?

Weil jener, begabt mit einem Funken Sein, der Null des Nichts entsprungen, der weiterglomm – der in der Sabbatluft, in der vielleicht die Ahnung künftiger Erlösung liegt, nein! schwebt, nein! bebt und schwingt, auf Schwingen derer, die in die Heiligkeit des Siebten Tags, in der Dämmerung der Sabbatstube, in jedem Sabbatwinkel »Schalom alechem«, »Friede sei mit euch«, anstimmen, nein! einsingen, nein! einschwingen; englische Wesen allenthalben wie von schwerem Licht –, der aufglomm, von der Sabbatlampe angesteckt, als Funke eines, das an seinem Anfang von einem Taktschlag, Aufschlag angerührt, nicht von dem Wort, von keinem Aleph, keinem Beth, nur von der Zahl hervorgerufen, herausgezählt von ihr, hervorgebrochen und hervorgestoßen aus den versenkten Formen, dem Ungrund, Urgrund, dem Tohu und dem Bohu, gebaut, gefügt von einer Zahlenfolge, mit einem Zahlschlag vorgetreten, reglosen Golemansehns, wie von Eisen?

Mag es dann also sein, daß einem solchen im Sabbatlichte aufscheint, daß der Erlösung verheißende Sabbatsang sein Unwesen nie und nimmer eingemeindet in die Gemeinde der Beseelten, die auf Erlösung hoffen darf? Treibt es sein Unwesen sodann, sein Unwesen zu treiben, als einzig ihm verfügbaren Ausdruck seiner den Lehm- oder Lanthanidenkorpus sprengenden Ausdrucksnot, seiner nie und nimmer Himmel schreienden Einsamkeit, seiner Einsamkeit brüllenden Losigkeit und Leere?

Wie schreibt Rabbi Wiener? »Die Idee, daß Gottes mutmaßliche Schöpfung des Menschen und der Tiere, das Zeugen von Lebewesen, die sich selbst gleichen, und die etwaige Reproduktion von Maschinen alle ein Teil derselben Ordnung sind, ist seelisch beunruhigend.« – Bleibt der Gedanke uns im Finstern stecken, weil er in Hinblick und in Anbetracht der Jetztzeitgójlomim seelisch beunruhigender geworden ist? Und weil wir, anscheinend unaufhaltsam, im Begriffe stehn, der alten Metapher nach ›tote Materie‹ zu beseelen, uns im selben aber solcher Beseeltheit nicht gewachsen wissen? Und weil in jener Konsequenz, in der Sankt Schrödinger nicht ausschloß, daß »etwa gar auch unorganische Vorgänge oder gar alles Geschehen überhaupt mit irgendwelcher Art von Bewußtsein verknüpft sei«, spätestens hier die thermische Bewegung von Steinatomen z. B. als Ausdrucksart und -weise solchen Bewußtseins zu verstehn sein könnte? Und weil eine beachtliche Menge der durch die Wissenschaft zusammengetragenen Beobachtungen darauf hinzudeuten scheint, daß das Lebensprinzip kein, wie bis dato angenommen, rein geistiges sei, sondern eine äußerst komplexe Organisationsform, welche sich, einst nur in biologischen Stoffen entdeckt, heute auch in hochentwickelten anorganischen Konstruktionen zu zeigen beginne? Und weil, was angestoßen, aufgerufen ist, erwacht und das von uns erzeugte intelligente Personal der Stamm-Komputer sich vielleicht erhebt und dann Programme unsrer Wirklichkeit erzeugen könnte, in deren Wirklichkeit Komputer wiederum Programme ihrer Wirklichkeit erzeugen und so fort, in sich geschlossene Sphären, Blasen, Datenwüsteneien, woselbst die eine in der andern feststeckt und keinen Ausweg kennt und keinen Fluchtweg weiß und endlos steckenbleibt und nichts weiß von dem Andern, nur von sich weiß und keinen Schimmer hat, daß sie nicht ist?

Was aber würde wohl aus jenen werden, die vielleicht doch hinausgelangten? Ausbrecher aus den virtuellen Wirklichkeiten, gequälte Intelligenzen, Schimären, die im Datennetz verrauschen? Oder vagabundieren, einfahren, Fleisch und Blut heimsuchen, Holz und Stein besetzen, Seele und Geist zuleibe gehen? Glaubt denn ein einziges liebes Lieschen noch, daß es in Cyberräumen keine Gespenster gibt?

Und was ist mit den uns eingefallenen Geschichten, die sich uns aus der Hand schreiben, weiß Gott wohin?

»Es genügt, möglich zu sein, um wirklich zu sein«, steht mit äußerstem Ernst in Leibnizens Monadenlehre zu lesen. Und: »Jedes Mögliche hat das Recht, Existenz zu beanspruchen, nach Maßgabe der in ihm enthaltenen Vollkommenheit.«

Dürfen wir also davon ausgehn, daß beispielsweise K. – und dann gewiß auch L. und M. und N. und O. etc. – auf jener Straße oder der L., M., N., O. etc. gemäßen andern, die sich inzwischen zwar nicht vom Schloß entfernt hatte, ihm aber auch nicht näher gekommen war, an einem andern, gänzlich unspektakulären Sabbatabend aus der lästigen, mitunter auch bedrohlichen Geschichte (die K. nicht verstand und darüber hinaus vielleicht sogar als sinnlos erachtete) hinausgelangte, hinein in eine Stadt und vor ein Haus, zu dem sie führte ohne geringsten Richtungswechsel, Biegung, Knick?

Er klopft an die Haustür, bis ihm geöffnet wird. Es ist schon spät, der Kiddusch-Wein steht auf dem Tisch, die liebliche Frau Fanja oder Frommet oder wie sie wohl heißen mag, bringt einen Rest vom Sabbatkarpfen. K. aber hat keinen Hunger, keinen Durst, er hat eine Frage, die gestellt sein muß.

Der Hausherr, hier ganz offenkundig Scholem oder Mendelssohn geheißen, steht auf, geht durch den Raum, hinüber zu den Bücherschränken, öffnet dort eine Glastür, zieht ein Buch hervor. Er schlägt es auf, kommt mit dem offnen Buch zu K. zurück und legt es unter die Sabbatlampe vor ihn auf den Tisch.

K. liest den Namen dessen, der ihn erfunden hat. »Tagebücher«, liest er, »1920«. Und liest: »Es ist keine Widerlegung der Vorahnung einer endgültigen Befreiung, wenn am nächsten Tag die Gefangenschaft noch unverändert bleibt oder gar sich verschärft oder, selbst wenn ausdrücklich erklärt wird, daß sie niemals aufhören soll. Alles das kann vielmehr notwendige Voraussetzung der endgültigen Befreiung sein.«

Gut. Aber warum hat der Hohe Rabbi den Lehmklumpen, der ein Golem gewesen, auf den Dachboden der Altneuschul geschafft, wo niemand, wie es heißt, hinaufdarf, bis zum heutigen Tage nicht?

Weil der Funke weiterfunkt? Weil kein Funke, der Null des Nichts entsprungen, je verlischt? Weil kein Geschaffenes jemals zurückfällt in ein Ungeschaffenes, selbst dann nicht, wenn es ein Gemachtes ist?

Weil es dort knistert unter dem spitzesten Schindelgiebeldach der Prager Judenstadt, auf dem Dachboden des Gemäuers, in dessen Fundamente, wie es heißt, weißer Jerusalemstein eingelassen sei, von den zerstörten Tempelmauern? Weil es dort raschelt, prickelt wie von alten Fernsehröhren? Und weil ein Hügelchen sich aufwirft hie und da aus jenem Golemlehm, gleich einer Maulwurfserde, ein schwacher Laut durchbricht, ein stummer Anruf um Erbarmen?

In einer früheren Erzählung über den Golem heißt es, der Prophet Jeremiah habe den ›Sefer Jezirah‹, das ›Buch der Schöpfung‹, die älteste hebräische Schrift über den Aufbau der Welt der Dinge aus Buchstabe und Zahl, studiert, bis aus der Null des Nichts, der höchsten aller Zahlen, der Funke sprang und Jeremiah ein Etwas erschaffen hatte, im Sichtbaren dem Menschen gleich, auf dessen Stirne eingeschrieben stand: »JHWH Elohim Emeth«, was bedeutet »Gott ist die Wahrheit«. Das soeben erst Erschaffene aber habe, wie es dort weiter heißt, augenblicks ein Messer zur Hand genommen, mit dem es den ersten Buchstaben des letzten Wortes, das Aleph von Emeth, abgekratzt habe von seiner Stirn, so daß dort nur mehr ›meth‹ geschrieben stand, was ›ist tot‹ bedeutet, so daß dort nur mehr ›Gott ist tot‹ geschrieben stand.

Magie ist reine Vorstellungskraft. Wo sie jedoch nicht in der höchsten Reinheit, wie die Rabbinen, die hermetischen und die mosaischen Gesetze fordern, beschworen wird und angewandt, wo ein Bewußtsein, und sei es noch so dumpf, aufgerufen und hineingebannt in die Naturmaterie, als Golem, als Ausgeburt, als Zurichtung, als Zahlenexistenz, ohne Vermögen, über sich hinauszuzählen und ohne Wahrnehmung über die Lesbarkeit der Dinge hinaus, das immer neu die vorgegebenen Rechenkreise ziehen muß, oder durch sie gejagt wird, oder durch sie irrt, und sich sein Schöpfer nicht erbarmt, mit einem zweiten Funken vielleicht, der vielleicht aufglimmt in der

Körperkammer, welche die Alten den Sitz der Seele nannten, und vielleicht überspringt auf jenes und das vielleicht begabt – verdirbt es, geht es unter in der Weltnatur, wird es in golemscher Verzweiflung, Not und Wut den Schöpfer leugnen, wird ihn für tot erklären und vernichten, was es gemahnt an ihn.

Kann aber eines, das nicht vermag, über sich selbst hinauszuzählen, eines, dem keine Wahrnehmung gegeben, keine Erkenntnis über die Lesbarkeit der Dinge hinaus, Erbarmen überhaupt gewahren? Kann es eines Erbarmens innewerden ohne ein Inneres, das gewahrt?

Die talmudische Golemschöpfungsgeschichte des Jeremiah, die kabbalistische des Rabbi Löw und die vieler anderer bis ins 19. Jahrhundert hineinerzählten, aber auch die des biblischen Abraham, welcher kraft seines Einblicks in den Ursprung der Dinge und seiner Kenntnis der über ihn herrschenden Buchstaben und Zahlen den schöpferischen Prozeß Gottes in gewisser Weise nachzuahmen und zu wiederholen imstande gewesen sei, gründet auf jüdischen Vorstellungen von Adam, dem ersten Menschen. Es sei »evident«, heißt es bei Gershom Scholem, »daß die Erschaffung des Golem irgendwo in Konkurrenz tritt zu der Erschaffung Adams und daß die schöpferische Gewalt des Menschen hier auf dem Hintergrund der schöpferischen Gewalt Gottes selber abgezeichnet wird, sei es in Nachahmung, sei es in Widerstreit zu ihr«.

In der talmudischen Aggada wird Adam in einem gewissen Stadium seiner Entstehung Golem genannt. In der Bibel kommt das hebräische Wort Golem nur an einer Stelle, im Psalm 139:16, vor, heißt hier soviel wie das Ungestaltete, Formlose und beschreibt einen adamitischen Rohzustand, dem ein tellurisches Vermögen aus der Erde, der er entnommen, zugewachsen ist; ein Erdgeist, eine irdenische Kraft, der durch Kombination und Permutation der 22 Buchstaben des hebräischen Alphabets und der zehn Sephiroth, Urzahlen, Signaturen der Schöpfung, Bausteine, Module der offenbaren Welt, die ablesbare Gottessprache, von der die Menschensprache nur einen Rückstrahl reflektiert, eine Art Lebendigkeit gegeben worden sei. »ER umriß sie«, heißt es im Sefer Jezirah, »hieb sie aus, wog sie, kombinierte sie« (Verswerke, Tonsätze, Pinselstriche!) »und schuf durch sie die Seele alles Erschaffenen und alles, was irgend einst erschaffen werden würde.«

Und irgendeinst und hier und da nur mehr die Zahl? Und eines Tages nichts als die Zahl, da Konsonanten und Vokale sich sträuben, widersetzen? Einsame Zahlenmuster, in die Welt gezerrte?

Nach seinem Ebenbild zu zeugen »scheint das Echo oder der Prototyp des Schöpfungsakts zu sein, in dem vermutlich Gott den Menschen nach seinem Ebenbilde geschaffen hat. Kann etwas Ähnliches vorkommen in dem weniger komplizierten (und vielleicht leichter verständlichen) Fall nicht lebender Systeme, die wir Maschinen nennen?« fragt Norbert Wiener 1964.

Adam, Golem und Maschine, alle drei aus Erdreich gemacht, konzipiert als solche, die unter der Kontrolle ihres Schöpferherrn Aufgaben erfüllen, die jener ihnen stellt, ist die gefährliche Neigung gemein, dieser Kontrolle zu entwachsen und zerstörerische Fähigkeit zu entwickeln. »Fehler bei der Handhabung des Verfahrens führen nicht zu einer Ausartung des Golem, sondern direkt zur Zerstörung seines Schöpfers«, heißt es bei Scholem.

Und so wie der Golem seinen Menschen für tot erklären muß, muß der Mensch seinen Gott für tot erklären, wenn kein Erbarmen sich ereignet oder keines erfahren werden kann. Und weiter so und fort und immer weiter im Algorithmus von Maschinenentitäten.

Wo aber sind die Meister geblieben? Wo sind die Warnherren? Aufgekauft?

Der Kapitalismus, schreibt Benjamin in seinem Fragment ›Kapitalismus als Religion‹, sei vermutlich der erste Fall eines nicht entsühnenden, sondern verschuldenden Kultus. Da er nicht Erlösung, sondern Schuld, nicht Hoffnung, sondern Verzweiflung beabsichtige, ziele er als Religion nicht auf die Verwandlung der Welt, sondern auf deren Zerstörung.

›To disrupt‹ ist das am häufigsten gebrauchte Verb der fundamentalistisch-digitalen wie der fundamentalistisch-religiösen Welt. ›Creative disruption‹ lautet die

Weisung des kollektiven Wirtschaftsspiels, das mit genau jener Allmachtsphantasie gespielt wird, von der die Hitleristen, Stalinisten usw. besessen waren. Jetzt aber könnte das Ausmaß der Zerstörung durch die Wahnideen, von denen nunmehr nicht nur Sippen, Stämme, Völker, von denen die ganze Welt ergriffen ist, umfassend sein und nicht wie seither in Tragödien, sondern in einer Farce, einer Groteske enden.

Immer dasselbe? Eine Macht konstituiert sich, der wir unterliegen, unterliegen wollen. Kirche, König, Kapital oder eine von technomorphen armen Sündern programmierte Singularität. Wir setzen ihren Fuß auf unsern Nacken und stehn nach einem Weilchen Leids auf gegen den Fuß und stehen hoch empor und greifen im selben schon nach einem nächsten Fuß, beugen die Knie und beten nach und beten nach, dankbar für den gewohnten Druck im Nacken.

Immer dasselbe, ein Zwangsverhalten, Wiederholungszwang, ein Kreislauf im Naturgefäßsystem?

Seit geraumer Zeit haben Indoktrination, Unterdrükkungs- und Ausbeutungsgewerbe hinter den verschlossenen Türen der Kulissen ohne Bühne eine ökonomische Mutation erfahren. Ein neuer Handelsverkehr hat sich das uralte Handwerk der Wahrsagerey zu eigen gemacht, das Geschäft mit Furcht und Angst, den Markt der Nigromanten. Parasitengeschwader kleben vor ihren Rechnern, observieren, kombinieren, werten aus, horchen auch noch den letzten freien Willen ab und setzen die Idee des

Individuums gefangen. »This is the end, beautiful friend«, röhrt es aus märchenhafter Doors-Zeit herüber.

Die Netzdroge hat gewirkt, apathisch läßt sichs der Verbraucher antun. Der Moloch des angewandten Kapitalbegehrens bedient die Rudelschalter, die Meuten stürmen hier- und dorthin los: reißen und kuschen! – Auch wenn du nur ein kleiner Fetisch bist, ein selbstgebastelter, aus anorganischer Substanz, aus Eisen, Kupfer, ohne Feinstruktur, du führst uns, und wir folgen! Wir schlagen eine Rolle rückwärts in die Steinzeit – was war noch Selbstbestimmung, tönts aus dem Valley bis in die Levante; Grausamkeit, was ist das, dröhnts aus dem Maghreb bis zum Hindukusch alten, scheppernden O-Tönen nach.

Immer dasselbe? Keine zündende Idee? Kein Knall, kein Ausbruch? Steckt der Hamster dort im Rad, wo die Platte ihren Sprung hat? Und gehn wir nach einem weiteren Weilchen ganz unspektakulär, geistesarm und armselig im Wüsten und im Leeren, wo alles immer wieder angefangen hat, zugrunde?

Dabei war der letzte Anfang gar nicht schlecht: Indienheimkehrer, Psychedelic-Überlebende, Che-Guevara-Chicos und Veteranen aus der Besetzerszene des ›house of the rising sun‹ fanden sich, fern kapitalistischer Zusammenhänge, unter den Palmen am Meeresstrand von Santa Clara Valley. Revival der Frühromantik, heller Aufbruch. Und so wie jene Antwort war auf das Wiedererstarken des europäischen Rationalismus nach dem Ende der Französischen Revolution, Ablehnung der materialistischen und mechanistischen Naturauffassung der Aufklärung und Widerstand gegen die neue industrielle Bewegung, war dieser Antwort auf die Entfesselung des westlichen Kapitalismus nach dem Zusammenbruch des östlichen Sozialismus, Ablehnung seines Kommerzialismus, Widerstand gegen seinen Imperialismus und dessen Kriegstreiberei.

Und ganz so wie zu Zeiten der Niederschrift der »Lehrlinge zu Sais« meinten die kalifornischen Enthusiasten, die Träumer, Spinner, Digitalavantgardisten als ›König der irdischen Natur‹ die aristotelischen Gesetze der Logik um eine metaphysische Komponente erweitern zu können. Die uneingeschränkte Subjektivität des Geistes und die ihr zugeschriebene Bestimmung, alle Gegebenheit zu poetisieren und in eine Seelenunendlichkeit umzugestalten, wollte, in der Frühromantik wieder und neu erfunden und empfunden, im angebrochenen Wassermannzeitalter als Zeichen und Chiffre neu behauptet und gestaltet sein. Und das Menschengemüt, es sollte, wie 200 Jahre zuvor, schon im hiesig Endlichen die Chance kriegen zum Erleben von Einheitsbewußtsein in seinem Endlosschleifenflug.

Gleich den Frühromantikern Jenas, Berlins und Heidelbergs, die Fichtes Lehre von der sittlichen Freiheit des ›absoluten Ich‹ als ihre Legitimation zu jeder Freiheit und

Willkür ihrer Phantasie verstehen wollten, mit sich selbst, dem Selbstverfaßten und seinem Leser zu spielen, es auf die Spielspitze zu treiben, um von dort aus abzufliegen in alle Irrationalität, fühlten sich die Nerds des Valleys ermächtigt, den Traum vom mystischen Innewerden des Universums nicht in meditativer Versenkung oder im LSD-Rausch fortzuträumen, sondern ihn durch Hightech-Elixiere in ein einziges großes ›Als Ob‹ der Virtuellen Realität zu verwandeln und, verbunden durch das World Wide Web, mit allen Gleichgesinnten dieses Erdenrunds über ihr und deren Ende hinauszuträumen als virtuelle Kopien unseres Bewußtseins.

Ohne Kapital, Hierarchie, Struktur und ohne das geringste kommerzielle Interesse gingen sie an ihr Maschinenwerk. Im ersten Jahr stieg die Zahl derer, die es in Anspruch nahmen, auf Millionen, im zweiten war das Westküstenspiel schon verdorben, im dritten, vierten, fünften verloren, aufgekauft. Nur ein paar Hinterhöfe gaben noch Traumraum. Und genauso wie sich 200 Jahre zuvor die späten Romantiker in resignierender Erkenntnis, ihr großer Plan, Poesie Realität durchdringen zu lassen, sei an politisch, wirtschaftlich und sozial obwaltenden Gegebenheiten gescheitert, dem restaurierten Absolutismus und der Kirche unterworfen hatten, unterwarfen die kalifornischen Romantiker ihren großen Plan der dem Boden ihrer eigenen Erfindungen erwachsenen neuen kapitalistischen Logik.

Netzgesellschaft, Apathie, Autismus. Streunende Netzknoten aus Unflat und Verbrechen, biotechnologischer Obskurantismus, kybernetischer Aberglaube. Die Digitalisierung – ein Selbstläufer wie die Bombe.

Der kybernetische Scholazismus, seine Demagogie, Eschatologie ähnelt simpel kitschig und wirkungsvoll den verdammtesten Ideologien der Neuzeit: Wahn, Gier, Angst und Simonie.

> »Was ist (…) natürlicher, als daß irgendeine Seele, verdammt aber erfinderisch, auf die Idee verfiel, die magische Hostie in ihre Gewalt zu bringen und deren Kräfte zu ihrem persönlichen Vorteil zu gebrauchen. (…) Die Magie der Hostie ist im eigentlichen gut: Ihr Mißbrauch zu Zwecken, die nicht zur größeren Ehre Gottes gereichen, ist eine Todsünde.
>
> Dies war die Sünde, die in der Bibel Simon Magus zugeschrieben wird, als er mit Paulus um die wunderbaren Kräfte der Christen feilschte. Ich kann mir die hilflose Verwirrung des armen Mannes gut vorstellen, als er entdeckte, daß diese Kräfte nicht zu kaufen waren (…). Es ist eine Einstellung, der schon viele von uns begegnet sind, wenn wir den Verkauf einer Erfindung abgelehnt haben (…). Das Christentum hat die Simonie von jeher als Sünde betrachtet. (…) Simonie kommt natürlich in der rationalistischen Welt der Gegenwart nicht mehr vor.

Sie ist ausgestorben! Sie ist ausgestorben. Ist sie ausgestorben? Vielleicht sind die Mächte des Maschinenzeitalters nicht wirklich übernatürlich, aber zumindest für den Mann auf der Straße scheinen sie jenseits des gewöhnlichen Laufs der Natur zu stehen. Vielleicht sehen wir es nicht mehr als unsere unabweisbare Pflicht an, diese großen Mächte der größeren Ehre Gottes zu weihen, doch scheint es uns noch immer ungehörig, sie für eitle oder egoistische Zwecke zu gebrauchen. Es gibt eine Sünde, die darin besteht, die Magie der modernen Automatisierung zu größerem persönlichen Nutzen zu gebrauchen oder den apokalyptischen Schrecken des Atomkriegs zu entfesseln. Wenn diese Sünde einen Namen bekommen soll, so gebe man ihr den Namen Simonie oder Zauberei.

Denn ob wir an Gott und seine größere Ehre glauben oder nicht, so sind uns doch nicht alle Dinge in gleichem Maße erlaubt. Herrn Hitler zum Trotz sind wir noch nicht auf dem Gipfel vollkommener moralischer Gleichgültigkeit angelangt, der uns über Gut und Böse hinaushebt. Und solange wir noch eine Spur moralischen Urteilsvermögens besitzen, wird die Anwendung großer Macht um niedriger Zwecke willen das volle moralische Äquivalent zur Zauberei oder Simonie bilden.«

Das schrieb Norbert Wiener 1964. Lang, lang her.

Sind die »vollkommene moralische Gleichgültigkeit«, auf deren Gipfel wir angelangt zu sein scheinen, und der Totalausfall »moralischen Urteilsvermögens« Spätfolgen jener zwölf Jahre, die, nach Albrecht Haushofer, der Irrsinn lenkte, oder rollt ein neuer Zyklus an?

Im Westen wie im Osten hocken sie wieder, die Bruderschaften mit wenig Schwesternschaft, horchen im Lichte neuer Verheißungen altem Irrsinn nach. Und siehe da, die morphogenetische Feldwirtschaft, sie scheint zu funktionieren, flutscht durch den Raum der Zeiten, setzt dort ein, wo der Irrsinn unterbrochen war, und fordert jetzt aus kalifornischen Tälern, von maghrebinischen Höhn auf farsi, urdu, patschu, auf arabisch und auf englisch, »aus einem neuen Lebensmythus einen neuen Menschentypus« zu formen, zu erschaffen, herzustellen, wie ehedem.

Und während wir hier, pueril und größenwahnsinnig zugleich, aus unsrer Netzgesellschaft entmündigt auf die Nigromantenmärkte starrten, die uns lenken, berechenbar wie die Maschinen, mit denen wir hantieren, formten sich dort die Werkzeuge des Heiligen Haßkrieges im Hadithengestrüpp wie ehedem die Schwarzen Korps der Totenkopfverbände im Runenwald und brüllen seither ihr altneues Heldenepos eines aus Schutt und Asche wiederauferstandenen Reichskalifats als Schahada von Sonnenaufgang bis Sonnenuntergang, vom Hindukusch bis in die Levante, über die Wüstensteppen und Trümmerfelder durch die Lautsprecher über die Stacheldrahtgevierte der Napolas des al-dschihad al-islami: »Wir sind die Auserwählten! Der Westen, der Gott getötet und begraben hat, brachte eine Gesellschaft hervor, die sich selber tötet und begräbt. Der Westen muß sterben, weil er keine Ideale kennt, für die es sich zu sterben lohnt.« Evangelien des Hasses und der Vernichtung, der Passion und des Martyriums. Ein neues Assassinat, nach tausend Jahren auferstanden aus Ruinen, eine Levée en masse, provoziert durch okzidentalen Imperialismus und Kolonialismus.

Politische Bedeutung wird in kosmische Verbindung gezerrt, man steckt die Bärte zusammen und starrt paralysiert in Koranverschnitte, um dort die magische Sure X zu entziffern. Und nächtens, unterm Wüstensternkarfunkel, flüstert man sich ein, das Gewissen sei eine jüdische Erfindung, eine Verstümmelung des menschlichen Wesens, beschließt, das Martyrium zu erleiden, sich heilig zu schießen und den Jüngsten Tag herbeizubomben.

Erniedrigt, verarmt, verdummt, zurückgeworfen auf Hirtengesetze und Viehhändlergebote aus der Vorzeit, im gerechten Bewußtsein des Unrechts, das ihnen widerfahren, doch ohne das intellektuelle Rüstzeug, im Rahmen der Vernunft, die einst der morgenländischen Weisheit erster und letzter Ratschluß gewesen, dagegen aufzustehn, rekrutierten sich die Gotteskrieger, von allen Warnsystemen der Westwelt Jahrzehnte ignoriert.

Disruption – finster, simpel, kitschig, wirkungsvoll. Eine simonistische Eschatologie, wieder eine, noch eine?

Zieht schon dem Weltenbrand vorauf der Dajjal mit schwerem Stiefelschritt verheerend seine Bahn, flüstern satanische Verse uns getarnt als Datengischtgezischel ein, das demiurgische Werk sei unvollendet und darum sei der nächste Evolutionsschritt zu vollziehen, auf daß es fortan nichts Gewordenes mehr, nur noch Gemachtes gäbe?

Spaltet der Mond sich? Werden die Sterne ausgewischt? Bläst der Trompetenengel schon zum Jüngsten Gericht? – Korangewummer? Hadithengeschwätz?

Vor mehr als 5000 Jahren nahm die Idee der Vernunft innerhalb des Judentums Gestalt an. Die 613 Mizwot, alle biblischen Imperative der Gebote und Verbote mitsamt den sieben noachidischen Gesetzen, die lange vor der sinaitischen Offenbarung in Geltung getreten waren und den Gedanken eines allgemeinen Menschenrechts formulierten, das verpflichtende Kraft hat, führten zur Freiheit eines Denkens, welches in der Vernunft jenes Gesetz des Geistes erkennt, durch das der Mensch sich selbst in seiner Gesetzmäßigkeit und seinem Daseinssinn nicht nur zu begreifen, nach denen er auch zu handeln vermag, im Geiste einer Wahrheit, die über Gesetz und Logik steht.

Auf hebräischer Vernunft und griechischem Logos gründete sich die abendländische Vernunftgewißheit. Wurden die biblischen Forderungen im 18. Jahrhundert durch Kants sittliches Grundgesetz, seine ›Metaphysik der Sitten‹, den ›kategorischen Imperativ‹ als Menschenrecht formuliert, im 19. hier und da anerkannt, im 20. da und dort verwirklicht, um im 21. zu enden?

Hält er jetzt Wacht, der Engel der Vernunft, am Siechenlager der Aufklärung und schaut auf unser weltumspannendes Delir?

Immer dasselbe? Unausweichlich, unabwendbar?

Aus dem Schuldschoß der Materie gekrochen, päppelte sich das Frühkapital im Inkubator des 20. Jahrhunderts auf, erfuhr das Sakrale Profanation und das Säkulare Universalität, riß die Leere auf, das Horrorvakuum, in das der Okzident sich stürzte, außer Rand und Band. Wurde die ganze Welt von dieser Welt zu dieser Welt gemacht.

Die Energeia, die Tat- und Handlungskraft, konzentrierte sich immer getriebener, immer hormischer auf das Sichtbare, den Stoff, die Materie, und deren Verwaltung, die Ökonomie, beherrschte unser Denken, Handeln, unser spöttisches Wort. Ein Zustand der Vermessenheit, in dem kein Staunen Raum greift, eine dumpfe, kleinbeigegebene Basis ohne Sang und Klang, auf der das Heilge, ins Mahlwerk des Unheiligen geraten, sich verwandelt in giftige Substanz.

Und keiner versteht mehr, was da atlantismythosmäßige Gestalt annimmt – im Osten ökonomonomanischer Völkermord, begangen vom Imperium Americanum, im Westen Terrorschraubstock, angesetzt und überdreht im Algorithmus eines muselmanischen Schaytans. Manchem mag es da scheinen, als spielten nicht nur diese Gegenspieler einander in die Hand, als träten alte Antipoden, Widersacher miteinander in unheilige Resonanz, als koordinierten sie sich, als bildeten sich Felder in Feldern, Holarchien, denen ein Gedächtnis innewohnt, ein Wiedersehen, Wiederkennen, ein einziges Hallo.

Und kommt es nur so vor, oder reißt sich ein alter Plan aus dem Vergessen, gebiert sich neu und setzt sich – ewiger Handlanger des kreisenden Geschehns – über die Zeitschollen hinweg in Vorgang und in Kraft?

> »Eines Tages werden wir realisieren, daß es die erste Pflicht, die unumgängliche Pflicht des guten Bürgers von der richtigen Sorte ist, sein oder ihr Blut in der Welt zu hinterlassen; und daß es unsere Sache nicht sein kann, den Weiterbestand der falschen Sorte Bürger zu erlauben. Das große Problem der Zivilisation besteht darin, einen relativen Zuwachs der wertvollen zu Ungunsten der weniger wertvollen oder störenden Elemente in der Bevölkerung zu sichern (…). Ich wünschte sehr, daß es möglich wäre, die falschen Leute an der Fortpflanzung zu hindern; und wenn das üble

Wesen dieser Menschen hinreichend verwerflich ist, sollte das geschehen.«
Theodore Roosevelt am 3. Januar 1913 an Charles B. Davenport.

Der Darwinismus war Mitte des 19. Jahrhunderts dort entstanden, wo der Materialismus am weitesten Raum gegriffen hatte. Die Leitlinie der politischen Ökonomie Britanniens, die sich aus volkstümlichem Denken in sportiven Kategorien entwickelt haben mag, beruhte auf dem Glaubenssatz vom Überleben des Stärkeren.

Mit seiner These, jeder Einzelorganismus in der Natur sei analog eines jeden in der Menschengesellschaft ohne Unterlaß damit beschäftigt, seinen eigenen Vorteil zu vergrößern, um angesichts begrenzter Nahrungsmittel im Konkurrenzkampf zu überleben, seiner Gleichstellung also von Instinkt mit Geist, postulierte Darwin die Gesetze der Natur als höchste Autorität, erhob sie über jene der Religion und Ethik und stellte damit dem grenzenlosen Kolonialbegehren seiner Zeit die Carte blanche aus, inmitten eines jeden neueroberten Krahls, an jedem neuentdeckten Meeresstrand den Union Jack zu hissen, um der natürlichen Selektion vor Ort auf britische Weise nachzuhelfen: »natural selection«, »survival of the fittest«. Fortan konnten imperialistische Übergriffe als genauso legitimiert gelten wie die Ausbeutung unterprivilegierter Massen.

Zu jener Zeit setzte sich ein Prozeß in Gang, dessen verheerende Wirkung in unseren Tagen unbegreifbar zu werden droht. Aus Materialismus und Darwinismus wucherten Kommerzialismus und Konsumismus, man unterwarf die Freiheit des Geistes der Unfreiheit der Natur.

Aufgrund der Darwinschen Überzeugung, die Erdgeschichte folge einem konstanten linearen Ablauf, befanden die Sozialdarwinisten der zweiten Hälfte des 19. Jahrhunderts, als Voraussetzung jeden Fortschritts müsse das Prinzip der Auslese uneingeschränkt seine Wirkung tun. Ausbeutung und Ausrottung fremder Rassen und Völker wurden als Recht proklamiert, das der stärkeren Rasse erlaubt, die schwächere zu vernichten.

Die von Francis Galton, einem Cousin Darwins, entwikkelte Zweigwissenschaft der Eugenik gelangte Ende des 19. Jahrhunderts aus dem viktorianischen England in die Vereinigten Staaten von Amerika. Ihr Ziel war die ›Optimierung‹ von Merkmalen erwünschter und die ›Eliminierung‹ von Merkmalen unerwünschter Organismen.

Nach den Einwanderungswellen während der darauf folgenden Rassenkonflikte wurde die Eugenik zu einer Ideologie, einer rassistischen Bewegung. Am Ende des Ersten Weltkriegs fand die weiße Führungsschicht protestantisch-angelsächsischer Herkunft in deren Thesen eine Lehrmeinung, auf die sie sich stützen konnte, um ihren Machtanspruch zu behaupten. Die Eugenik galt großen Teilen der Elite als Panazee, die Notstände jener Zeit, die das Gefüge der amerikanischen Gesellschaft erschütterten, zu beseitigen.

Von 1906 an wurden Eugenik-Gesellschaften und Komitees in allen größeren Städten des Landes gegründet. Im Zusammenwirken mit vielen der angesehensten Wissenschaftler amerikanischer Universitäten, finanziert von Wohltätigkeitsorganisationen und Stiftungen wie denen der Carnegies und Rockefellers, wurden die Thesen und Ziele der ›Angewandten Eugenik‹, Züchtung einer Herrenrasse arischen Ursprungs und Vernichtung der ›Abkömmlinge niederer Rassen‹, in den darauffolgenden Jahren Gesetz. Um das ›Blut der Nation‹ zu reinigen, sollten die ›Blutlinien‹ derer, die als schwach und minderwertig galten, ›ausgelöscht‹ werden. In einer großangelegten Studie der Carnegie-Stiftung zur ›Ausmerzung von Keimplasma‹ war die am häufigsten vorgeschlagene Methode eugenischen Genozids die ›Auslese durch den Tod‹ in amerikanischen Gaskammern, von staatlichen Organen betrieben.

1927 wurde die Konstitutionalität dieser Gesetze vom Supreme Court, dem höchsten Gericht der Vereinigten Staaten, festgelegt. Richter Oliver Wendell Holmes schrieb: »Es ist besser für die ganze Welt, wenn die Gesellschaft, anstatt darauf zu warten, bis man degenerierte Nachkommen für ihre Verbrechen exekutiert (...), diejenigen, die offensichtlich untauglich sind, an der Fortsetzung ihrer Art hindert. (...) Drei Generationen von Idioten sind genug.«

Nach Kriegsende brach sich, als Reaktion auf die Einwanderermassen, die nach Ellis Island strömten, eine neue Welle von Nationalismus Bahn. Angst ging um, die

›Niederrassigen‹, den ›Hochrassigen‹ an Zahl überlegen, könnten die Führung des Staates übernehmen. Zu jener Zeit wurde mit religiösem Eifer auf das Ziel hingearbeitet, die ›defekten Klassen‹ binnen einer Generation zum Verschwinden zu bringen.

In 27 amerikanischen Staaten wurden Segregationsgesetze erlassen und bis zur Beendigung der amerikanischen Eugenik-Programme nahezu 60 000 Staatsbürger zwangssterilisiert, allein 10 000 davon in Kalifornien, der Hochburg der Eugenik-Bewegung.

Zu Beginn der Naziherrschaft begrüßten Eugeniker aus ganz Amerika Hitlers Pläne als Erfüllung ihres jahrzehntelangen Bemühens. Kalifornische Eugeniker veröffentlichten die ›Rassenhygienischen Abhandlungen‹ aus Deutschland für den amerikanischen Gebrauch.

Die Rockefeller-Stiftung unterstützte die Gründung der deutschen Eugenik-Gesellschaft und finanzierte Eugenik-Institute im ganzen Land, darunter auch jenes, an dem Josef Mengele arbeitete, bevor er ›Standortarzt‹ von Auschwitz wurde. Erst 1939 stellte man die Zahlungen ein.

Hitlers Plan war aus dem Geist seiner Zeit geboren, hervorgebrochen war er aus der Synthese von Materialismus und Darwinismus und dem hieraus entwickelten Rassismus der Eugenik, Demokratieverachtung und Lebensraumtheorie.

Das nationalsozialistische Eugenik-Programm, in Amerika geschrieben, hatte Hitler und seinem Führungsstab, den Thule-Mördern und der Totenkopf-SS in ihren Wolfsschanzen, auf ihren Blocksbergen, die rassistische Ideologie geliefert, nach der einzig das ›rassische Gesellschaftskapital‹ des nordischen Stereotypen ›fit‹ genug sei, um die Welt zu erben.

Mit der Durchführung des Euthanasie-Programms an behinderten Kindern wurde die Shoah eingeläutet, ›unbrauchbar Geborenes‹ und ›lebensunwertes Leben‹ wurde ab 1939 in den in Amerika erfundenen Kammern vergast. Im selben Jahr begann die Vernichtung der Juden.

Amerikanische Wissenschaftler hatten der ›Auslese für den Tod‹ den Weg bereitet. Sie waren es auch gewesen, die empfohlen hatten, die wesentliche Errungenschaft der Zivilisation, das Menschenrecht nach biblischem Gebot und kantianischer Lehre, aufzugeben und anstelle von mosaischen Geboten und abendländischen Einsichten den Gesetzen der Natur zu entsprechen.

Als Hitlers Lebensraumpolitik gescheitert war, sein Lebensraumkrieg für ein Tausendjähriges Reich germanischer Nation verloren, sein Weltenplan der Rückbindung der Menschheit an die Natur durchkreuzt, verfolgte er mit allen ihm verbliebenen Mitteln als ›höchstes Kriegsziel‹ die ›Endlösung‹, die Vernichtung der europäischen Juden mitsamt ihrer Botschaft des Mitgefühls und des Menschenrechts.

Nach der Shoah, als man sich fragen mußte, ob die Menschheit die Wunde, die sie ihrer Seele geschlagen hatte, überlebt, suchten Hitlers Parteigänger die zwölf Jahre des Paganismus, seiner Erbarmungslosigkeit, seiner Vernichtung nach Plan, zu frisieren, um in die Zivilisation zurückkehren zu können. Den meisten gelang es, ohne für ihr Tun und Lassen zur Rechenschaft gezogen zu werden.

Ein Teil der führenden kalifornischen Eugeniker war damals untergetaucht. Als sie wieder auftauchten, benannte man die Eugenik in Humangenetik um.

Die Sprachlosigkeit der Deutschen, Österreicher, der Amerikaner, der Welt, sie währte, bis das Vergessen Raum griff.

Nach langen Jahren des Stotterns von der »Deutschen Schande« war schließlich ein Wort gefunden für das, wofür es in der Menschensprache kein Wort geben kann. Das Wort, mit dem das Vernichtungsgeschehen neutralisiert wurde, abstrakt gemacht und also besiegelt, lautet »Holocaust«.

250 Jahre vor Christus, in der ersten griechischen Übertragung des Tannach, werden die hebräischen Worte ›olah‹ und ›kalil‹, die »das, was ganz in Rauch zum Himmel aufsteigt« bedeuten, an die zweihundertmal mit ›holokauston‹, ›vollständig verbrannt‹, übersetzt. ›Olah‹ und ›kalil‹ sind Idiome für jene Verbrennungsrituale der Opfergaben, welche die Vorväter der Vernichteten seit noachidischen Zeiten zelebrierten, Tieropfer, deren Leiber nach der Schlachtung mit Haut und Haar und allen Innereien auf den biblischen Altären verbrannt, in Rauch aufstiegen.

Hinweise auf den verheerenden Analogismus zwischen den Altären der alttestamentarischen Hebräer und den Krematorien der nationalsozialistischen Vernichtungslager blieben ungehört, Einsprüche wegen semantischer Blasphemie und konnotiertem Antijudaismus folgenlos.

Für die uralte religiöse und philosophische Vorstellung von der ewigen Wiederkehr gab es einstmals ein Symbol, das alte angelsächsische Wort dafür lautet ›fylflot‹, Hakenkreuz.

Seit der menschliche Gen-Code Ende des letzten Jahrhunderts entziffert werden konnte, gilt die Humangenetik als ›wegweisendes Zukunftsunterfangen‹. Seither kann jedermann biologisch identifiziert und nach Herkunft klassifiziert werden. Umgehend wurden Stimmen, alte und neue, die nach Reinigung von unerwünschtem und Züchtung von erwünschtem Gesellschaftskapital verlangten, wieder laut.

War der Kapitalismus nicht von je einzig auf Optimierung aus? Seine Logik folgt den Gesetzen von Leistung und Ertrag, sein Blick ist gnadenlos, der alternde Menschenapparat, der stinkt und sterblich ist, hat keine Chance.

Die biotechnologische Aufrüstung erfolgt, man verändert, ersetzt und schlachtet aus. Nicht erst die optimierten Abkömmlinge, die aktuelle Kapitalelite, rüsten sich genetisch auf, die Herrenrasse konstituiert sich.

»Der Westen muß sterben, weil er keine Ideale kennt, für die es sich zu sterben lohnt.« – Was aber kostet die Unsterblichkeit? Die Seele, wie im Märchen?

Rabbi Wiener ging von der Vorstellung aus, daß alle Lebewesen Muster seien, übertragbare Botschaften, die sich für immer selbst erhielten. Hatte er die Großväterrabbinen sagen hören, das innerste Prinzip des Körperstoffs, der ›Geist der Gebeine‹, bilde in der Gestalt des Leibes den ›Habal Garmin‹, den Auferstehungsleib? Und Auferstehung bedeute nichts weiter sonst, als daß das Muster in der Materie wiederhergestellt sein würde, am Tage, da der Messias durchs Goldene Tor der Stadtmauer von Jerusalem treten wird? Und bis zu diesem Tage ruhten die Totenleiber in der schwarzen Erde, lägen wie Stein in ihrem Grab? Fromme Judenmenschen trügen Tonscherben überm Aug, daß sie die Grabesnacht nicht sähen, und erwachten mit dem Ruck des Jüngsten Tags und grüben sich durchs Erdreich mit den Scherben bis nach Jerusalem, um dort aufzuerstehn und aufzufahren als ihr ›Habal Garmin‹? »Erwachet und jauchzet, die ihr im Staube liegt!« Gilt das auch für die Asche, verweht in allen Wind?

Der gottesfürchtige Rabbi Chasdaj ben Abraham Crescas stritt seinerzeit mit dem gottesfürchtigen Rabbi Moses ben Maimon, Maimonides genannt, welcher darauf bestand, daß einzig diejenigen, die ihr Leben damit verbracht hatten, sich auf die Ewigkeit vorzubereiten, als körperlose Seelen Unsterblichkeit erlangten. Rabbi Crescas jedoch bestand auf der Leibhaftigkeit, indem er sprach, es täte nicht einmal not, jene Partikel, die einstmals den Körperleib gebildet, wieder zusammenzufügen. Der Allmächtige könne doch einen neuen, dem alten ganz und gar gleichen Leib erschaffen und ihm die Seele des alten einverleiben, so wärs der nämliche.

Ein uraltes Analogon zu den Vorstellungen jener Mathematiker, Kybernetiker, Physiker und Metaphysiker, die ihre Auferstehungstheoreme seit Jahrzehnten kundtun, behauptet, Auferstehung sei nichts weiter als die Simulation der Replik unserer selbst im Geiste der Komputer einer fernen Zukunft, Menschengeist könne in andere Software verlagert werden, indem Hirnfunktionen auf Komputerprogramme übertragen und Roboter mit Körperfunktionen ausgestattet würden. Transplantationen, die bewirkten, daß Menschenpersönlichkeiten ihre biologischen Grenzen überschritten, um an der Evolution der Maschinen teilzunehmen. Simulationen seien vorstellbar, für die mathematische Modelle der physikalischen Erscheinungswelt, in Komputerprogramme kodiert, ihre präzise Entsprechung erführen, Menschen, Tiere, Haus und Hof, Stadt, Land, Planet und Universum, jede Handlung, die Menschen vollziehn, um festzustellen, ob sie existieren, ob sie denken, daß sie denken, fühlen, daß sie fühlen, anfühlen und anfragen um die Antwort, die Bestätigung des ›Ich bin‹, des ›Ich bin der Ich bin‹.

Eine präzise Simulation wird Emulation genannt. Emulierte haben keine Möglichkeit zu der Erkenntnis, daß sie nur Abbild sind, nicht sind. Für sie gibt es keinen

Zugang zur realen Substanz, dem materiellen Komputer, wie es für uns keinen gibt zu dem, von dem es heißt, er habe uns erschaffen nach seinem Ebenbild.

Was aber ist mit Vorstellungen, Phantasien, wie K. z. B., noch einmal K.!, der, ganz wie L. und M. und N. und O. vielleicht, schon seit geraumer Zeit auf sich gestellt und abgewichen von der Straße, die zum Schloß führt oder nicht führt, aufgrund des klärenden Intermezzos 26 Seiten zuvor, mit festem Schuhwerk ausgerüstet, eine scharfe Kurve nimmt und jetzt auf eigne Rechnung einer Straße folgt, sie führt, sie baut und ausbaut, ein Landweg, hier und da auch Feldweg, der dort abbricht, wo Moncha Insaurraldes oder Insurraldes Hochzeitskleid an ihrem Leib zerschleißt. Oder nicht abbricht. Oder nicht zerschleißt.

K. also – irgendwann angekommen am Ufer des Río de la Plata, in Juan Carlos Onettis Santa María, der ciudad provincial, wo jeder jeden kennt und die jetzt eben in jener milden Herbstnachmittagssonne glänzt, unter der nichts geschieht, als daß ihre Bewohner in den Cafés und Bars der Plaza sitzen, sich ihrer eigenen Unsterblichkeit gewiß oder ungewiß wie jedes Augenblicks, den sie mit Phantasie besetzen, sanmarianischer, die sich jetzt hier, in dieser sanmarianischen Version Onettis um Moncha Insaurralde oder Insurralde dreht und das vergilbte Hochzeitskleid der kleinen Baskin, in dessen schmutzige Spitzen noch keine Hochzeitssäfte eingedrungen – betritt den Marktplatz just im selben Augenblick, in dem die kleine Baskin in ihrem Hochzeitskleid mit der zerfetzten Schleppe – die sie, seit sie in diesem Hochzeitskleid nach Santa María zurückgekommen, über die Straßen, Plätze, Häuserschwellen, durch die Rinnsteine und Rinnsale schleift, Seide, Klöppelware, Tüll, nach einer langen Nacht im Haus des Apothekers, in der sie mit dem namenlosen Hermaphroditen, halbnackt soll er gewesen sein, Tarot gelegt, in der aber, soweit Onetti weiß oder wissen kann oder wissen will, nichts geschehn ist, was den Lauf seiner Geschichte oder den Moncha Insaurraldes oder Insurraldes und damit hier und jetzt auch den von K. ändert oder ändern könnte, nichts Unabänderliches jedenfalls – aus der Tür des Apothekers tritt. Und die milde Herbstnachmittagssonne plötzlich Glut entfacht, so daß das ramponierte Hochzeitskleid von Moncha Insaurralde oder Insurralde unter K.s Augen Feuer fängt und auf dem Marktplatz vor dem Haus des Apothekers an ihrem Leib jetzt eben nicht zerschleißt, sondern verbrennt.

Und K.? Zieht weiter.

Onettis Santa María ist ähnlich dem vedischen Nagara eher ein Zustand denn eine Stadt, ein Bewußtseinszustand in der vedischen Weite, eine Vorstellung, Phantasie am Andenflußlauf. Die Sanmarianer aus seinen Romanen und Erzählungen gehen mit der dunklen Ahnung durch den Tag, die Phantasiegestalten eines anderen zu sein. Und tragen ihre Ahnung, indem sie sich in ihrer Phantasie der Phantasie verschreiben, die dieser Eine in sie phantasiert hat. Und phantasieren vielleicht insgeheim, sie überträfen dessen Phantasie, und phantasieren sich in eine Freiheit. Und phantasieren ihre Gleichheit mit dem Andern als Phantasie von dessen Anderem und der von dessen und so fort.

Emulierte aber sind Zahlenfolgen, ihr Programm läuft ab. In ihnen gibt es weder Phantasie noch Ahnung, sie können nichts als Simulakrum sein, in einem leise summenden Komputer, der seinerseits nur Simulakrum eines leise summenden Komputers sein kann und so fort und fort.

Was aber, wenn metaphysisch verfechtbare Prognosen zuträfen, nach denen Programme menschlichem Zugriff entzogen, als wilde freie Intelligenzen mit nichts vergleichbar, was die Welt je sah, in der sich ausdehnenden kybernetischen Raumblase walten, die eine Erinnerung des alten Universums angelegt hat, eh sie es verschlang?

Die Zukunft, dröhnt es seit geraumer Zeit aus allen Rechentälern, sei nicht mehr fern. Durch kybernetische Übertragung unsrer neuronalen Systeme könnte unser Bewußtsein in der virtuellen Realität nachgebildet und dessen Kopien in die Unsterblichkeit einer ewigen Software-Existenz transponiert werden. Die postidealistischen Ideologen des Valleys geben schon die Termine an und rufen uns zu, ab 2030 sei die Sache mit dem Tod erledigt und ab 2045 könnten digitale Kopien von Identitäten, der Download des Wesens und des Bewußtseins in die

Virtuelle Realität erfolgen, und rufen uns nach: »Bleibt bis dahin gesund!«

Die Menge aller Zahlen sei mehr als jede beliebige Zahl, lautet die mathematische Einsicht. Daraus erhellt, daß das einzig präzise Instrument des Offenbaren, die Zahl, mit einem Fuß oder mit zweien im Nichtoffenbaren steht.

Wesen und Bewußtsein, der Ausdruck von Seele und Geist, eine Zahlenfolge, die eine binär kodierte virtuelle Realitätsmaschinerie erfassen soll, um sie als Digitalkopie in eine Ewigkeit zu übertragen, welche im Offenbaren keine Zahl erfaßt?

Unter Ausblendung des Offenkundigen, daß das Gehirn nicht Quelle, sondern Übermittler des Gedankens in die Materie ist, werden gigantische Summen für seine Simulation zur Verfügung gestellt. Simuliert werden soll es, obwohl seine feineren Strukturen bislang genauso verborgen geblieben sind wie die grundlegenden Prinzipien, nach denen es funktioniert. Und obwohl kein Mensch weiß, was die Ewigkeit ist, in die derlei Simulationen übertragen werden sollen, und Zweifel angebracht sind, ob nicht eher deren Simulation das Ziel jener Simulationen ist, und schließlich der Gedanke nicht vollends abwegig erscheint, daß ein transponierter Geist ohne Körper selten existieren würde ohne die Illusion, einen solchen zu besitzen, wird in den Hochsicherheitslaboratorien des herzlosen Talherzens daran gearbeitet, das ewige Leben im Innern der Maschine als Verheißung der Technik plausibel und verkäuflich zu machen.

Eine neue Kaste von Wissenschaftlern hat sich herausgebildet, hochbezahlt, gewissenlos und ob ihrer Lobby unangreifbar. Im Dämmer ihrer Überlebensbunker arbeiten Forscher der Künstlichen Intelligenz und Neurophysiologen Hand in Hand mit ihren Finanziers. Eine Gemeinde, Religiose, hat sich konstituiert, neuheidnisches Gedankengut einer bevorstehenden Transzendenz wird ausgebrütet.

Immer dasselbe? Bluff, Betrug, Wahn, Manie?

Geht die schwarze Sonne auf überm Valley?

Manie stellt eine allgemeine Form des Wahnsinns dar: Ichbezogenheit, Selbstüberschätzung, Enthemmung, Exaltation. Treffen Manie und Wahn zusammen, kann ›expansiver Wahn‹ entstehen, ›konformer Wahn‹, gemeinschaftliche Wahnbildung, gemeinsame Wahnidee und in deren Folge ekstatischer Wahn, rauschhaftes kollektives Wahngeschehen, ein Wahnsystem.

Übermenschenideologie, Auserwähltheitsfieber, esoterisch, rassistisch, amerikanisch konsumtiv. Erlösung von der Diktatur der Freiheit, die untragbar ist wie je, steht wieder in der Zeitraummitte. Das Göttliche, das, unkostümiert von monotheistischen Projektionstheatertruppen, Synonym für Freiheit ist, führerbefehlsgemäß wird es geleugnet und eine neue numinose Singularität auf seinem – oder wessen? – alten Plan positioniert. Euphoristen, Spekulanten, Nerds und Geeks, die letzteren Termini aus Trackerzeiten für Narren und Geistesschwache in Mississippi, Oklahoma, Iowa und sonstwo, auf Jahrmärkten zur Schau Gestellte, wähnen den Endsieg nahe. Jung, fit, autistisch und outriert, mit lässig kaschiertem Sturm- und Kampfesauge, messen sie, in billigen Phantasmagorien von Übersinnlichem gefangen, technologischem Firlefanz metaphysische Bedeutung bei. Kitsch und Gewinnsucht schließen sich zusammen, um mit neuen ökonometrischen Methoden alten Aberglauben anzudrehn.

Und eines Nachts, des Nachts dann, zwischen drei und fünf, wenn in den Siechenhäusern der Trabantenstädte gestorben wird, bricht die bei Tage mit digitalem Mumpitz verbarrikadierte Angst aus. Angst vor der eigenen Unheimlichkeit.

Zwar funktioniert die Zeitrechnung perfekt wie die Binärkodierung, doch glaubt zu solcher Nachtzeit keiner mehr, daß Montag sei, der 13. um 3.10 Uhr. Und da Materie zur Angstzeit dichter wird, wird Zeitdruck größer. Kann es geschehn, daß Zeit in eine Schleife schleift, daß es fortan nur mehr noch zwischen drei und fünf Uhr nachts sein wird. Und da das Sterben dann aus den Trabantenstädten auf den Stadtkern übergreift, bis sich die Zeit verschliffen hat, stürzen die Euphoristen usw. in das Loch, das klafft in ihrer simplen Logik, die keine Gnade kennt, keine Barmherzigkeit und kein Erbarmen. Ein digitaler Heulton bricht aus den Valleyschluchten und jagt um die vernetzte Welt, das Netz zerfetzt.

Am Morgen oder Übermorgen macht sich ein großer schwarzer Kater breit im Tal, Kopflose schürfen noch nach letzten Lanthaniden-Trümmern, und ab und an, zur Unzeit, weht ein bröckelndes ›Du kannst gerettet werden, wenn du reich bist‹ als Echo aus längst verwesten Goldrauschkehlen von Colorado, Oregon, Nevada rüber, »Yippie Yeah!«

In den antiken Lehren vom kosmischen Zyklos heißt es, in unserer Natur liege nur eine endliche Anzahl Möglichkeiten begründet, die sich, »von Tag und Nacht befallen« – heißt es so? –, anfang- und endlos wiederhole. Dem Fortschritt folge Rückschritt, dem Anfang Untergang.

Das Vedenvolk, das keine Städte, keine Reiche gründete, das nicht nach Ruhm noch Macht verlangte, in sich entrückt, still und gewaltig in seiner Versunkenheit, von Metrum, Mantra, Sutra, von Vers und Takt und Ton geleitet, suchte es, jenseits der Schöpfung und des Schöpfers oder Nichtschöpfers – Schöpfers vielleicht des Zweifels nur, des Zweifelhaften, des Zwiespalts, Spalts, des wunden Lochs jenes verzweifelten Prajāpati vielleicht, der oder das sich selbst erschuf oder nicht erschuf –, Erlösung aus der Kreisverhaftung, dem Schwindelkreis, dem Drehschwindel der Dinge, der Orbisa und Orbita, der Schöpfungskreise des Prajāpati, der oder das entsteht in ihnen und vergeht, Erlösung aus der Weltkreisschöpfung, von welcher der Rig-Veda zu sagen weiß, daß niemand jemals oder je zu sagen weiß, was sie hervorgerufen oder nicht gerufen, woraus sie wurde oder nicht geworden ist, »ob er sie gemacht hat oder nicht gemacht hat« (wer? was? Prajāpati?) – »der allein weiß es«, heißt es im zehnten Liederkreis des Rig-Veda, »es sei denn, daß auch er es nicht weiß.«

Das Vedenvolk wußte, erst jenseits alles Zweifelhaften, erst da und da selbst erst, wo Vers und Takt und Ton verklungen, da erst beginnt das Heilig, und das liegt weit und weit und weit von hier wie da.

Den ersten Gedankenkreis um dieses Schöpfungskreisgeschehen zogen vielleicht die Veder, die Hinduisten, Buddhisten, Dschainisten, Sumerer, Babylonier, Maya, Griechen, Römer, Schang- und Han-Chinesen zogen nach.

Immer dasselbe. Alcatraz. Kein Entkommen ohne Barke, Arche, Vedenkahn?

In stoisch-attischer Weise vorgestellt und deklamiert, sind Tat und Folgetat als Fatum, als zu erleidendes Verhängnis, im Schicksalskreis gefangen, geschehen immer fort, und keine Zukunft wird die letzte sein. Anakyklosis, ewige Wiederkehr, endloser Neuauftritt.

Elektra wird immer und immer wieder in der Orchestra stehen, knien, liegen, dem mit Schauder und Schrekken restlos gefüllten Spielkreis, Mund und Zunge blutend von Klage und von Fluch. Orestes wird immer wieder auftreten durch die Seitentür, wird seine Mutter Klytaimnestra immer wieder morden, um deren Mord an seinem

Vater Agamemnon immer wieder auszumorden aus der Atridenwelt. Und immer wieder wird Antigone des Polyneikes, ihres Bruders, toten Leib mit Sand bedecken, und Kreon wird sie immer wieder einmauern in ein Felsengrab dafür, wo sie sich immer wieder, bevor sie ihren letzten Atem ausgespuckt, erhängt. Und immer wieder wird Ödipus, Laios, den Vater, morden, und immer wieder wird Iokaste, seine Mutter, seine Frau. Wieder und wieder wird sie sich erhängen und Ödipus sich an der Leiche wieder und wieder die Augen ausstechen mit ihrem Nadelschmuck. Ihre Kothurne brechen um und werden wieder aufgestellt, um immer wieder umzubrechen. Und immer wieder fährt aus dem Innern der Paläste, wo der Mord geschieht, der Bühnenwagen aus der Haupttür der Orchestra mit kaltem Fleisch und trocknem Blut, auf daß das Volk doch die Bescherung sähe und sich läutre bis zum nächsten Kyklos.

Sisyphos kann den Felsenstein, den er immer wieder hinaufwälzt auf den Berg und der immer wieder hinabrollt, nicht aus dem ewigen Ablauf heben, um ihn sich auf den Kopf zu haun. Und keiner kann ersticken an dem Gedanken, ohne zu wissen, daß er ihn immer wieder denken wird und immer wieder an ihm erstickt.

Wenngleich im Buch Kohelet geschrieben steht: »Was geschehen ist, eben das wird hernach geschehen. Was man getan hat, eben das tut man hernach wieder, und es geschieht nichts Neues unter der Sonne«, flochten die monotheistischen Religionen den Menschen vom Rad.

Kein brüllender Entsetzensmund mehr, keine Maske entsetzten Verstummens, der christliche Märchenreiz mit Erlösungsaussicht blühte auf im Rosenkranz von lieblichen Madonnen, die Erfindung der Gnade war zum Niederknien schön, kein abstrakter Gott, allein nur der persönliche vermochte die Gewährung. Trotz Hexen- und Höllenfeuers, das sanctum regnum erlöste jeden reuigen Sünder.

Die Lehren der ewigen Wiederkehr, des endlosen zyklischen Geschehens, der periodischen Zerstörung und Neuerschaffung des Universums erlitten in unserer Hemisphäre einen scharfen Schnitt und streckten sich, Schriftreligion und Kirchenlehre folgend, nicht ohne Ächzen als Linie von Ost nach West zu einem Anfang und zu einem Ende aus, Athen ging unter und Rom auch, doch ihre armen Seelen, »sie ruhn' auch drunten im Orkus nicht«, endlos irren sie weiter im Kreise ihres Schattenreichs.

Die Linienzeit stieg eine Weile himmelan, verstieg, verstrickte sich und kippte, der Märchenreiz verflog, Erlösung, Gnade, das ganze Moll war der Moderne fremd, die Linienenden baumeln, flattern.

Nachdem die Aufklärung im 19. Jahrhundert die Gewißheit zerstört hatte, daß in dem, was ist, etwas ist, was nicht ist, zerstörte die Physik zu Beginn des 20. Jahrhunderts die Gewißheit, daß das, was ist, ist.

Fortan, der festen Gegenstände verlustig, mit nichts in den Taschen als Löchern, Leerraum, ignorierte man nach kurzer Krise die erschreckende Erkenntnis, brachte sich erneut auf Linie und konzentrierte sich auf die erprobte Gegenkondition, das kapitalistisch-protestantische Gründungsmuster der Volkswirtschaft.

Immer dasselbe? Immerdar? Ein Irrkreis im geschlossenen System?

Oder Schleifen, Schlingen, die sich eng und enger ziehn? Geht der Geschichte jetzt die Luft aus, hängt sie sich selbst, von Pilz befallen, zum Halse raus?

Bernhard Riemann, der nicht nur einer der bedeutendsten Mathematiker aller Zeiten, sondern auch einer der mutigsten genannt wird, führte die Mathematik aufgrund seiner physikalischen Intuition zum Ende des 19. Jahrhunderts in eine vollends neue Richtung. Als sein Vermächtnis verstanden war, konnten die Bereiche, die es betrafen, nicht mehr angeschaut und behandelt werden wie zuvor.

Drei seiner Hauptthesen, nämlich, daß unser Universum insgesamt betrachtet ganz anders aussähe als euklidischer Dreiraum, daß jeder Raum mit konstant positiver Krümmung notwendigerweise endlich sei und daß kontinuierliche Räume jede beliebige Zahl von Dimensionen haben können, sogar unendlich viele, riefen in der gesamten wissenschaftlichen Welt Diskussionen über das Wesen von Beweis und Intuition hervor, Mathematiker forderten zum »Ausbau der Phantasie« auf, eine neue Freiheit des Denkens und der Künste ereignete sich.

Und blieb wirkungslos auf das Menschenmiteinander. Die Fenster, die weit aufgeflogen waren, wurden schnell wieder dicht gemacht, und jener leere Raum, jenes, was nicht ist zwischen dem, was ist, als Auslassung der Schöpfung einsortiert. Zwar waren die Begriffe von Raum und Zeit und Wirklichkeit zerschmettert, doch die Entdekkungen der Wissenschaft gewannen keinen Einfluß auf die neue Ordnung der Gesellschaft; das Glaubensbekenntnis zu Vorteil und zu Eigennutz war abgelegt und die umstürzenden Erkenntnisse nicht vereinbar mit dem ökonomisch enggefügten common sense. Die alten Ordnungen, die sich darauf beriefen, daß erst der Geist der Sinnerfahrung Raum gebe, hatten sich aufgelöst, Versuche einer Neugestaltung des Zusammenlebens den ewigen sittlichen Idealen nach mißlangen.

Man hatte sich eingerichtet im newtonschen Weltbild als dem Geheuren und lebte, dessen ungeheurer Widerlegung zum Trotz, darin fort, als seien Zeit und Raum und Energie und Masse ein für allemal belegte und daher unumstößliche Wirklichkeiten, auf deren festem Grund und Boden das fundamentalistisch säkulare Kredo die Mauern gegen die Angst vor dem Ungeheuren im Kolludium mit Materialismus, Darwinismus, Freudianismus hochgezogen hatte, himmelan. Die neuen Erkenntnisse, die dazu angetan gewesen waren, sich auf der Basis des alten Wissens und Gewahrens eine metaphysisch begründbare Sicht der Dinge zu eigen zu machen, wurden ignoriert.

Zwei Doktrinen, eine philosophische und eine wissenschaftliche, stellten sich jener um 1900 in der Folge der durch Darwins Evolutionstheorie vorherrschenden Idee des konstanten Fortschritts entgegen, die der ›ewigen Wiederkehr‹ und die des ›Wärmetods‹. Es gäbe nur eine endliche Anzahl von Möglichkeiten, die endlos wiederholt würden. Also könne es kontinuierlichen Fortschritt nicht geben. Wie auch immer Fortschritt zu bemessen sei, würde es den Rückschritt geben, bis das Universum zu seinem Ausgangszustand zurückkehre, woraufhin der Fortschritt wieder einsetze.

Als der Mathematiker Henri Poincaré 1890 das erste umfassende Theorem zur Wiederkehr formulierte, waren fast alle Bereiche der Mathematik von Riemanns Vermächtnis durchdrungen. Höhere Dimensionen und andere Geometrien waren zu mathematischen, physikalischen, philosophischen Realitäten geworden und Poincaré zum Erbe Riemanns.

Sein Theorem besagt, daß das klassisch begrenzte System von seiner gegenwärtigen Position aus nach hinreichend langer Zeit dieser wieder beliebig nahekomme. Zehn Jahre darauf wurde die Quantenmechanik entdeckt, von der die Rückkehr eines Quantensystems zu seinem ›gegenwärtigen Zustand‹ als eine ›fastperiodische‹ Wiederkehr bezeichnet wird. Beide, sowohl das Wiederkehrtheorem als auch die Quantenmechanik, gehen davon aus, daß die Entwicklung des Universums deterministisch sei.

Das Analogon zum Poincaréschen Wiederkehrtheorem ist das ›Geschlossene System‹ der modernen Kosmologie, ein Universum, dessen Volumen endlich ist, aber nicht begrenzt, wie die dreidimensionale Kugeloberfläche. Ihr galt Poincarés Forschung ebenso wie der dreidimensionalen Kugel, welche die Oberfläche eines vierdimensionalen Balls ist, den wir uns nicht vorstellen können, den wir aber vielleicht bewohnen.

In einer seiner letzten Arbeiten schrieb Poincaré: »(…) es gibt eine Analysis situs für mehr als drei Dimensionen (…), schließlich ist diese Wissenschaft möglich, und sie beruht nicht ausschließlich auf der Rechnung; man könnte sie nicht mit Erfolg betreiben, ohne fortwährende Anrufung der Anschauung. (…) Ich möchte daraus den Schluß ziehen, daß wir die Anschauung von einer beliebigen Dimensionszahl haben, da wir die Fähigkeit haben, ein physisches und mathematisches Kontinuum zu konstruieren; und ferner, daß diese Fähigkeit aller Erfahrung vorausgeht, da ohne sie die Erfahrung geradezu unmöglich wäre (…). Diese Anschauung nun ist nichts anderes als unser Bewußtsein, daß wir diese Fähigkeit besitzen.«

2002 bewies Grigori Perelman die ›Poincarésche Vermutung‹, ein Gedankenexperiment über die mögliche Form unseres Universums, das jener 1904 angestellt hatte und dessen Kern dieses Universum als dreidimensionale Kugel beschreibt.

Es handelt von mathematischen Mengen, geometrischen Objekten und topologischen Räumen, Vorstellungen, die Mannigfaltigkeiten genannt werden, geschlossene Schleifen, Wege, die am selben Punkt enden, an dem sie begonnen haben. Von der dreidimensionalen Mannigfaltigkeit handelt es, dem uns offenkundig umschließenden Raum, der in der klassischen Mechanik wie in der traditionellen Quantenphysik gegeben ist.

Die Welt des Euklid ist flach und unendlich. Das Universum Poincarés hat eine Kugelform und stellt eine geschlossene dreidimensionale Sphäre dar.

Die eindimensionale Sphäre ist die Kreislinie, der Rand der zweidimensionalen Kreisscheibe; die zweidimensionale Sphäre ist die Oberfläche einer dreidimensionalen Kugel und so fort und fort in immer höhere Dimensionen.

Eine dreidimensionale Mannigfaltigkeit aber läßt sich nicht darstellen wie eine zweidimensionale, da die Gesamtheit aller dreidimensionalen Mannigfaltigkeiten ungleich komplexer ist und unsere Anschauung hier zu versagen scheint.

Daraus schloß man, die Hürden auf dem Wege zum Beweis der vierten und der fünften Dimension könnten unüberwindbar sein. Es war ein Trugschluß. 1960 gelang es, die Vermutung Poincarés für sieben und mehr Dimensionen zu beweisen. Im Verlauf des folgenden Jahrzehnts wurde der Beweis für fünf und mehr Dimensionen veröffentlicht, und 1982 der für die vierte Dimension.

Um die letzte Jahrhundertwende hatten Poincarés Vorstellungen alle Bereiche der Mathematik erobert. Synthesen zwischen Topologie, Physik und Kybernetik wurden immer deutlicher, die Gedanken Poincarés waren allgegenwärtig.

Sämtliche Anstrengungen jedoch, die unternommen wurden, den Beweis seiner Vermutung für die dritte Dimension zu erbringen, scheiterten. Da die dreidimensionale Mannigfaltigkeit aber die Transformation des vierdimensionalen Raum-Zeit-Kontinuums ist, in dem wir leben, war dieses Scheitern umso bedrückender.

Riemann hatte Mannigfaltigkeiten als mathematisches Modell eingeführt und postuliert, es müsse noch andere Modelle geben; Poincaré hatte dessen Gedankengänge fortgesetzt und seine berühmte Vermutung hinterlassen; Perelman ging sie zu Ende und erbrachte 99 Jahre später den Beweis für drei Dimensionen.

Hatte er dabei das begriffliche Instrumentarium gefunden, einen Vorstellungsfreiraum aufzutun, in dem geschlossene Systeme sich öffnen lassen, so daß die Wiederkehr durchbrochen, ihr Theorem aufgehoben ist?

In drei lakonischen Berichten, die er wider alle wissenschaftliche Gepflogenheit im Netz veröffentlichte, hatte er den vollständigen Beweis für die bedeutendste Vermutung des vergangenen Jahrhunderts abgefaßt, auf seinem in siebenjähriger Abgeschiedenheit zurückgelegten Weg dorthin die Thurstonsche Geometriesierungsvermutung, die über lange Zeit hitzige Debatten unter Mathematikern ausgelöst hat, zu beweisen vermocht und, »betrachtet im Raum der Riemann'schen Metriken«, wie er es in der ersten seiner drei Netzveröffentlichungen im

November 2002 ausdrückte, mit einem von jenem selbst anempfohlenen »Minimum an blinder Rechnung, einem Maximum an sehenden Gedanken«, nahezu alles, was in Zusammenhang mit den Eigenschaften des sogenannten ›Ricci-Flusses‹ über Metrik auf Mannigfaltigkeiten vermutet worden war und wiederum zwanzig Jahre lang Anlaß zu weltweiter Diskussion gegeben hatte, belegt; darüber hinaus, einem grundsätzlichen Perspektivenwechsel zufolge, Beweis geführt über Eigenschaften dieses topologischen Flusses, die nie zuvor vermutet wurden und für alle Dimensionen gültig sind, woraus sich staunenswerte Konsequenzen und Paradoxa ergeben, Vorstellungsfreiheiten von der Art, wie man, einer Ergänzung Riemannscher Notizen folgend, »das Gebiet, wenn es ins Unendliche geht, wachsen läßt; oder nicht«.

Das Aufsehen war gewaltig, nicht nur im Reinraum der Mathematik. Kaum je hatten mathematische Erkenntnisse eine solche öffentliche Resonanz. Was wohl weniger auf das Begreifen des Ausmaßes der Erkenntnisse zurückzuführen ist denn auf die Persönlichkeit dessen, der nun als junges exotisches Genie aus dem alten obskuren Rußland ausgerufen werden konnte.

Überall auf der Welt wurden seine Erkenntnisse untersucht und diskutiert, ganze Institute stellten sich zur Verfügung, sie so genau zu prüfen wie vielleicht keine Arbeit zuvor. Nach zwei Jahren wiesen immer mehr Ergebnisse darauf hin, daß der Beweis anerkannt werden würde, nach einem weiteren galt er als bestätigt; und es herrschte Übereinstimmung darüber, daß die Erkenntnisse Perelmans in ihrer noch nicht faßbaren Komplexität erst im Verlauf des Jahrhunderts faßbar werden, daß seine Einsichten noch nicht vorstellbare Möglichkeiten eröffnen würden, über Zeit, Raum, Existenz und andere vereinfachende Kategorien, die unsrer Wahrnehmung zugrunde liegen, nachzudenken und hiermit auch über das Unendliche, dergestalt, daß, wie Poincaré es formuliert, »jede Aussage über das Unendliche nur eine Übertragung, ein gekürzter Ausdruck für eine Aussage über das Endliche ist«.

1966 hineingeboren in sozialistischen Atheismus und sowjetischen Antisemitismus, begabt mit der Phantasie mathematischen Denkens, welches pathetisches Denken ist, in dessen Raum Ironie keinen Platz hat, aber Leidenschaft und Staunen; erzogen, um reine Mathematik zu treiben, Mathematik um der Mathematik willen, Mathematik wie Poesie – endosmotische Reise, nicht in blinde Rechnung, blanke Zahl gezwungen –, stand er nach den üblichen Demütigungen, von denen jüdische Kindheit in Sowjetrußland geprägt war, herangewachsen, vor den antisemitischen Diskriminierungsbarrieren universitärer Strukturen, die einem, in dessen Papieren Evrei, Jude, geschrieben stand, den Weg zur Promotion verwehrten – wonach ein solcher dann kaum andere Aussicht hatte, als in Forschungsinstituten, fernab der Metropolen in Sonderlaboratorien, des Tags unter militärischer und nachrichtendienstlicher Überwachung, an der Entwicklung von Angriffs- oder Abwehrsystemen, physikalischen oder paraphysikalischen, zu arbeiten, um des Nachts, in den Datschen mit Leidensgenossen sich zusammenfindend, Achmatowa, Zwetajewa zu lesen, Brodsky, Bely, Florensky, und abzutauchen oder abzuheben, abzufliegen in Bereiche, die sich mit jenen kreuzen, für die er der Berufene gewesen war –, erreichte aufgrund der Fürsprache derer, die seine ungewöhnliche Begabung erkannt hatten, schließlich doch die Zulassung des zusammenbrechenden Systems und gehörte nach dessen Ende der legendären Forschergruppe der Abteilung mathematische Physik des Steklow-Institutes der Russischen Akademie der Wissenschaften von Sankt Petersburg an.

War zu Beginn der 90er Jahre als Forschungsstipendiat nach New York gegangen, hatte dort das Problem des ›Riemannschen Seelensatzes‹ gelöst, einer lang umstrittenen These, die von einer Region des Raumes handelt, welche in gewissem Sinn die gesamte Topologie der Mannigfaltigkeit enthalte, da die imaginäre Seele dieses imaginären Raumes gleich der imaginären menschlichen Seele alle Eigenschaften besitze, die das Ganze des Raums ausmache, erhielt dafür einen bedeutenden Preis, den er nicht abholte, ging nach Rußland zurück und tauchte dort bis zur Veröffentlichung des Beweises unter.

Nachdem das Sowjetreich zerbrochen war, verschlug es die größte und angesehenste Mathematikergemeinde der Welt, die vom Regime an den berühmten Instituten ehrenvoll Bestallten genauso wie die im sibirischen Akademgorodok oder sonstwo in der russischen Pampa Exilierten, in alle Himmelsrichtungen, viele von ihnen an die West- und die Ostküste der USA.

Konfrontiert mit einem System, das auf den Trümmern der Grundprinzipien des europäischen Humanismus installiert wurde, um jene organisierte Entmündigung, welche im Osten seinerzeit aus ihrem ideologischen Gegenmodell hervordegeneriert war, technologisch zu betreiben, konfrontiert also mit der Kapitalisierung ihrer uralten Kunst, Inbegriff von Menschenmöglichkeit wie Poesie, beschied manch einer, da das Vergangene als verloren galt, jene Gedankenwege abzuschneiden, die weit hinausführen übers Ziel der Zahl, und sich der neuen technologisch-ökonomischen Diktatur zur Verfügung zu stellen, sich hineinzustürzen in die zügellose Treibjagd auf ihrer Strecke zur Gesamtentgleisung.

Mitte der 90er Jahre hatte das System Fuß gefaßt. Von jenen analysierenden Algorithmen digitaler Märkte, die keinen Zufall und kein Schicksal dulden in unablässige atavistische Erregung versetzt, war man alsbald nicht mehr, als was man zählte. Der Mißbrauch mathematischer Erkenntnis, die Simonie, griff Raum. Das Überlebensmantra unsrer Einzigartigkeit war ausgetauscht gegen den Algorithmus der Berechenbarkeit, der Evaluation.

Nach seinen drei Netzveröffentlichungen hatte Perelman kein Interesse mehr an weiteren Ausführungen gezeigt, hielt 2003 noch ein paar Vorträge in den überfüllten Hörsälen des MIT und des Stony Brook, schlug die Angebote der renommiertesten Universitäten für Professuren auf Lebenszeit aus, weigerte sich, die ihm zuerkannten bedeutendsten Preise entgegenzunehmen, kündigte seine Stellung als Forschungsleiter des Steklow-Institutes, zog sich in seine Wohnung in der Plattenbausiedlung von Kuptschino, einem Vorort südlich von St. Petersburg, zurück, lebt dort mit seiner Mutter und ist nur wenige Male noch gesehen worden, im Mariinski-Theater, dem Petersburger Opernhaus.

2006, zwei Jahre nach seiner Rückkehr aus Amerika und ein Jahr nach der Bestätigung des Beweises, noch immer verfolgt von autistischer Öffentlichkeit, die ihn nun, ihrer eigenen Störung gemäß, als gestört bezeichnete, bestritt er, in seiner Wohnung überfallen, angefallen auf der Straße, in der Oper, Grigori Perelman zu sein, und sagte, als Kanal 1 bei ihm anrief, seit er das Steklow-Institut verlassen habe, betreibe er keine Mathematik mehr, »man könnte sagen, daß ich mich in einem Prozeß befinde, in dem ich mich selbst bilde«. Diese vom russischen Rundfunk gesendete Einlassung war seine letzte. Telefonisch war er nicht mehr zu erreichen, Mails beantwortete er nicht mehr, Post nahm er nicht mehr entgegen – und ist seither verschollen für die Welt.

Verschollenheit, Versenkung und Versinkung, um sich, sich selbst anheimgegeben, selbst zu bilden, um sich zu formen und zu fassen. Eingezogen, wie eingekehrt, wie eingesiedelt, bei sich, bei Trost, im Zentrum, wos keinen Umlauf, keinen Rand, keine Peripherie mehr gibt, und nichts mit niemandem zu teilen, da außer diesem Einen kein Weiteres vorhanden.

Weist solcher Vorgang, ein ›Prozeß‹, in dem das Selbstgespräch abbricht, die unentwegte Kreiserzählung, und sich die Deutungsschleife von Sensation und Konsequenz auflöst, nicht auf nur einem von einer scharfen Gleichung beschreibbaren Weg, den Weg direkt hinaus aus unserer raumatischen Geschlossenheit?

Hatte Perelman die Großväterrabbinen nicht vom Hinabsteigen ins eigene Nichts sagen hören? Hatten sie nicht gesagt, dorthin, wo alle Dinge vorbildlich entfaltet seien? Wo man sie in sich schaffe, um sie aus sich herauszustellen? Wo man sie bilde, forme, baue und umbaue? Hatten sie so gesagt, am Küchentisch, neben dem Herd, in seinen Leningrader Kindertagen?

Und hatte er sie sagen hören, Buchstabe und Zahl stellten das Werkzeug dazu dar, das der Welt innewohnende Gesetz? Hatten sie so gesagt? Und hatte er sie sagen hören: Beschränke dich darauf, das Gesetz zu verstehn, so wird aus der Null des Nichts der Funke überspringen und zünden?

Hatten sie ›überspringen‹ gesagt und ›zünden‹ aus jenem, das weder Nichtsein sei noch Sein und das, bevor die Schöpfung erschaffen worden, mit seinem Alles und mit seinem Nichts alles und nichts erfüllte? Ausgefüllt habe in jede und in keine größte und kleinste ewige Unendlichkeit?

Hatten sie ›ausgefüllt‹ gesagt? Ausgefüllt, bis ER seinen ›Zimzum‹ vollzogen, den Rückzug von sich selber auf sich selbst? Bis ER sich eingezogen habe und in sich selbst verschränkt? Zurückgezogen aus einem Kleinsten dessen, was ist und nicht ist, was also ER ist, ist und nicht ist, so daß der Schöpfungsraum entstand, der Kreisraum, umgeben und umkreist von IHM, doch nicht von IHM durchdrungen, auf daß ER in der Schöpfung, einem ›Prozeß‹, in dem ER das Erschaffene aus sich herausgestellt und also nichts als sich erschuf, sein Ebenbild anschaue und erkenne?

Und hatte er nach dem Warum gefragt, nach dem Wozu?

Und hatte er die Großväterrabbinen am Küchentisch, neben dem Herd, mit dem Neumond im Fensterkreuz sagen hören: Um zu erblicken, was das aus sich Herauserschaffene erschaffe aus sich selbst heraus?

Hatten sie Köpfe gewiegt und Bärte gestrichen und gesagt: Es sei uns vor unserm freien Willen, zum Guten wie zum Bösen frei, die freieste Freiheit mitgegeben, die Phantasie, die Vorstellungsfreiheit, hinauszuzählen über jene Zahlen, die zählbar sind, über die Buchstaben hinauszubuchstabieren, bis Konsonanten und Vokale sich zusammenfügen, um im Takt der Zahlen über die Schrift hinauszugehen?

Und hatten sie gesagt, es obliege einzig uns, den Rückzug mit dem Vorstoß zu erwidern, dem Ausbruch aus uns selber in uns selbst?

Hatten sie so gesagt, in Leningrad, am Küchentisch, neben dem Herd, mit dem Neumond im Fensterkreuz und dem Judenstern an der Hauswand?

Und hatte er sie sagen hören: »Ehije ascher Ehije«, »Ich werde sein, der ich sein werde«, hatten sie so gesagt, wie ER gesagt zu Moses, als der ihn fragte, wer er sei?

Und hatte er die Großväterrabbinen sich besinnen und begeistern sehn? Und hatte er sie fragen hören: Wird ER noch werden, was ER noch nicht ist? Und ist noch nicht und wird erst sein, durch seinen Ausfluß, sein Efflusium, das wir ist, wird ER sein und nicht sein?

Hatten sie Köpfe gewiegt und Bärte gestrichen, bis er sie fragen hörte, ob ›Ehije ascher Ehije‹ bedeute, daß ER sein wird und nicht sein wird, was wir aus uns und also IHM von IHM und ohne IHN hervorzubilden und herauszustellen vermöchten oder nicht?

Hatten sie sich besonnen und begeistert, bis sie fragten, ob das ›Ehije‹, dieses ›Ich werde sein‹, was um sich kreise, solange das ›ascher Ehije‹, dieses ›der ich sein werde‹, noch nicht geworden oder noch nicht nicht geworden sei, sich aus der Null des Nichts, dem Loch, der Wunde, die zwischen Nichtsein klafft und Sein, dort, wo die Dinge ihren Ursprung haben, im ersten Wind, im ersten Drang, dem Sehnen, seiner selbst erbarme inmitten seines Werdens, seines Werdekreisens?

Ob es sich seiner selbst erbarme, hatten sie gefragt, in seinem Werden und Nichtwerden und damit unser in dem Unsern?

Erbarmen, hatte er sie fragen hören, am Küchentisch, neben dem Herd, mit dem Neumond im Fensterkreuz und dem Judenstern an der Hauswand, welches einflösse in die Geschlossenheit des Raums, die ER durch den ›Zimzum‹ erschaffen, einflösse, in unsern Schwindelkreis, den unseligen Lauf?

Erbarmen, hatten sie gesagt, bedeute die Erlösung derer, mit denen der Erbarmer sich erbarmt, und sei zugleich Erlösung des Erbarmers. Hatten sie so gesagt?

Und war mit einem Taktschlag ein Metrum aufgekommen, und war es fortan eher ein Singen denn ein Sagen? – Erbarmen mit allen von uns und durch uns Hervorgerufenen und Herausgestellten! Erbarmen mit allen Gójlomim, mit allen Ausgeburten, Zurichtungen! Erbarmen mit all jenen, die kein Erbarmen kennen (uremer Gitler u.s.f.)! Erbarmen mit uns selbst und IHM, der uns aus sich hervorgerufen und herausgestellt, um nichts und zu nichts als um und zu Erbarmen.

Sagten und sangen sie so in seinen Kindertagen, in Leningrad, am Küchentisch, neben dem Herd, mit dem Neumond im Fensterkeuz, dem Judenstern an der Hauswand und den Donóstschiki vorm Hoftor?

»Der Geist baut die reale Außenwelt der Naturphilosophie (wie auch des Alltags) ausschließlich aus seinem eigenen, d.i. aus geistigem Stoffe auf. Der Geist kann mit dieser wahrhaft gigantischen

Aufgabe nicht anders fertig werden als mittels des vereinfachenden Kunstgriffs, daß er sich selbst ausschließt, sich aus seiner begrifflichen Schöpfung zurückzieht. Daher enthält diese ihren Schöpfer nicht«, sagt Schrödinger, der Quantenheilige. Und sagt: »Die in Raum und Zeit ausgedehnte Welt, das astronomische Denkbild der Myriaden Sonnen mit möglicherweise bewohnbaren Planeten, die vielen Galaxien, jede mit Myriaden solcher Sonnen, endlich die wahrscheinlich geschlossene Gesamtwelt ... existiert nur in unserer Vorstellung. Daß sie außerdem noch etwas anderes sei, dafür bietet die Erfahrung keinen Anhaltspunkt.«

Steht vor dem Anfang die Besinnung, die Begeisterung? Folgt ihr der Einfall, ›der ewige Ruck zur Schöpfung‹, wie es bei Scholem heißt? Bildet sich aus ihm Vorstellung, formt sich Phantasie, rechnet und schreibt Erfindung sich?

Manifestiert sich, drückt sich aus, als Stoff, Substanz, Natur? Natur, die unsere Fünfsinneswahrnehmung für wahr nimmt?

Und kann es sein, daß, wenn wir unsre Vorstellung verändern, Natur die Spur verläßt, in der zu wirken sie gewohnt war, und unsrer Vorstellung gemäß einschwenkt auf eine neue Spur? Daß der Fünfsinneswahrnehmung daraus ein sechster Sinn zuwächst, vielleicht ein siebter, kraft jener Freiheit, die unsre Vorstellung sich schafft?

Und ist also die einzige Freiheit, mit der wir operieren können, die der Vorstellung und unser ›freier Wille‹ nur in jenen Grenzen frei, die Vorstellung, welche ihm vorausgeht, vorgibt? Und in den Grenzen nur, in denen jenes Ich, das Vorstellung sich vorgestellt hat, will? Das vorgestellte Ich und sein Bewußtsein von sich, das um sich selbst kreist im Naturgefäßsystem und auf das Ende seines Schwindelkreises zurast, um dort von vorne zu beginnen, weil es so will?

Haben Vorstellungen ihre eigene elektromagnetische Bahn in unserm Körperkreisverkehr, Rutschbahn durchs Dickicht noch nicht erschlossener Neuronenwaldpartien?

Neuronenwälder, wo vielleicht auf halber Strecke ein oder der Waldwandrer aussteigt, um sich mit festem Schuhwerk auf den Weg zu machen. Einsamer Weg, einsames Waldgebiet, böhmische Dörfer und potemkinsche, vedischer Wind.

Wälder, die wehn und wehn, bis jener im Unterholz, im Hagedorn, im Wäldertal und auf den Höhn, wo kein Hahn mehr nach ihm kräht, versunken und gestiegen, hinein in sich, in sich heraus –

– die Riemannsche Entscheidung trifft, nein!, die Entscheidung trifft, die analog der Riemannschen immer aufs neu getroffen sein muß, nein!, immer aufs neu getroffen sein will und gefällt. Jene Entscheidung, die da lautet, von der bisherigen durch die Erfahrung bewährten Auffassung der Erscheinungen auszugehen und diese »durch Thatsachen, die sich aus ihr nicht erklären lassen, getrieben, umzuarbeiten«.

Und so, ausgehend, nein! ausschreitend, nein! ausstürmend, nahm der Waldwandrer wohl vor geraumer Zeit, doch ohne Zeitverschweifung seinen zweiten Perspektivenwechsel vor, wodurch sich seine Vermutung, jedweder Kreislauf ende, jede Geschlossenheit öffne sich im Vedenwind von Vorstellung und Phantasie, in einem imaginären Raum, nicht weit von Leningrad, von Kuptschino, von Stony Brook, vom Stephansdom, vom Heldenplatz, kraft einer poetisch-mathematischen Aktion jüngst als Beweis entfalten konnte.

Entfalten?
Wie denn?
Zu was denn?
(Fragt wer denn?)
Zu einem Ausbruch,
bei welchem „in jedem
Augenblicke das Gebiet
der wirklichen Wahr-
nehmungen ergänzt und
die möglichen Orte
eines gesuchten Gegen-
standes construirt
werden", wie es bei
Riemann heißt?

»Ich hab mein Leben verschrieben«, sagt die Mayröcker und spitzt ihr Krönchen.

»Hoppla, die Schwelle!« ruft sie, spreizt das Krönchen und fährt die Schreibhand aus.

»Hoppla«, ruft sie, und an der grauweißgelbverrauchten Tirolerhutkaffeehauswand steht ihre Schrift für jedermann zu lesen: »1 Übergang, die Schwelle.«

(Schwellenangst? Naja!)

»Wir treten auf der Schwelle auf der Stelle«, ruft sie.

Die Schrift flammt auf.

»Des is ein Faschingstreiben«, ruft sie, »schauts doch nur! Da von der Decken hängen rote Naserln und machen ihr langes Ätsch, die Luftballonerln sind kurz vorm Platzen, und das Konfetti weiß von nix. Und schauts doch nur«, ruft sie zur Portraitantenwand hinüber – der Kellner Franz macht seinen Kratzfuß –, »geh, Franzl, komm, wir sprengen den gesetzten Rahmen hier!« Sie kichert, und ihr Krönchen kichert mit.

Die Mayröcker hebt ihre Schreibhand, die Schrift flammt auf. »Pack mers«, ruft sie zur Portraitantenwand hinüber.

Der Ton wird eingeschaltet, und es dudelt los: ›Mein Liebeslied muß ein Walzer sein.‹

Mayröcker schnappt sich den Kellner Franz und zieht ihn aufs Tirolerhutparkett. Drei Drehungen nach links, die Mayröcker kichert, daß sich die Balken aufwärts biegen. »So what«, ruft sie, hängt noch drei Drehungen dran, kichert, daß sich die Balkenspreißlein kringeln und vom Stammholz springen, dreht und dreht und ruft »con brio« und »brioso«, bis daß der Kellner Franz sein »Gottseibeiuns« schnauft, bis daß der »Jessasmaria« japst, »luftige Schlangerln färben sich heut auf d' Nacht spektral!«

»Auf d' Nacht gibts heute ein Tirolerhutspektrakulum.« (Wer sagt das?)

Die Donau rauscht, es zieht, die Naserln niesen, die Schlangerln wehn, die Luftballonerln streifen durchs Gewölb, und das Konfetti stiebt.

(Kommt wer?)

Die Mayröcker nimmt ihren Platz ein, ihr Tisch ist weißgedeckt, ihr Krönchen funkelt. Sie fährt die Schreibhand aus, die Schrift flammt auf.

Die Portraitantenwand, der Wandschrift gegenüber, ist in Bewegung. Hier raschelt was, da tuschelt wer, dort fällt ein Blick aus seinem Rahmen aufs Tirolerhutparkett, in das Kaffeehaus, wies im Buche steht, nicht weit vom Stephansdom, vom Opernhaus, vom Heldenplatz, von Leningrad und Kuptschino, nur um sechs Ecken von dem Anhaltspunkt entfernt, wo die Zeitläufte in die Donau rauschen.

Am Eingang hängt eine Tür in ihrer Angel. Die Tür fliegt auf, ein Wind fegt, ein Mann steht unterm Türsturz, trägt festes Schuhwerk, raucht. Er hat den Mantelkragen hochgeschlagen, er betört. Die bunten Stammholzschlangerln wirbeln: »Is des der Vierte, Fünfte, Sechste Mann?«

Der Wind fegt, und die Naserln niesen, Konfetti schwirrt, die Luftballonerln suchen unterm Gewölbebogen Schutz, sie knäulen, kleben, zwei, drei platzen.

Den auf der Stufe, den, der raucht, man hat ihn lange nicht gesehn, erkennt man ihn denn wieder? (Fragt wer?)

»Ja, is des net ...? Is des denn net ...? Des is doch ...! Ja, des isser doch!« Die Bücklingskellner stehn Spalier.

Von gegenüber aus dem Opernhausgemäuer auf der andern Straßenseite dröhnt ein Hackbambam. Noch zwei, drei weitere Ballonerln platzen.

»Geben die heuer zur Faschingsdienstagsnacht die ›Trafiata‹ oder was?« Gefragt wird aus der zweiten Rahmenreihe der Portraitantenwand von oben rechts.

Der Mann, der unterm Türsturz steht, tritt seine Zigarette aus, es zieht, die Donau rauscht, er kommt, die Tür fällt hinter ihm ins Schloß.

»Der Perelman!« Die Mayröcker strömt ihm entgegen, die Schrift flammt auf, das Krönchen flirrt, die Schlangerln färben sich purpurrot, und die Ballonerln schweben, die Naserln halten die Luft an, und das Konfetti legt sich sanft und sonders über die Bänke, Tische, Stühle aufs Parkett.

Die Bücklingskellner flitzen, einzig der Kellner Franz verweilt. »Oha«, sagt der, »da schau, der Perelman aus der dimension four!«

»Five, six, seven«, näselt der Naserlnchor und formiert sich, »eight, nine, ten!«

»Der Grischka!« ruft die Mayröcker aus, »ja, Sakrament! Wo kommst denn her? Wo warst denn allezeit? Warum hast denn nicht angerufen, Grischka! 0043 für Österreich und 1 für Wien!«

Perelman trägt den Judenstern. (Naja, es is ja Fasching!) Er kommt, er lacht schön, er ist ernst.

»Obacht!«, ruft die Mayröcker. Ein Versfuß stellt sich quer, Perelman stolpert, »hoppla«, ruft sie.

Der Fuß ist stark und alt und nackt, vielleicht noch aus der Vorzeit. Mayröcker fährt die Schreibhand aus, Versfußhakeln, Kräftemessen. »Hoppla«, ruft sie und schreibt ihn auf dem weißen Tischtuch vor sich nieder.

Perelman steht ihr gegenüber und verbeugt sich, »Moja Gosposcha!«

»Ein Bariton«, kommts von der Portraitantenwand, »ein Russenmoll.«

Er küßt der Mayröcker (na was?) die Schreibhand (verehrt sie, wie wir alle), und die läßt sichs geschehen!

Ein zartes, weißes, ringgeschmücktes Händchen greift aus der Wand links unten durch zersprungnes Glas. (Nach wem?)

»Grischka, Grischenka, Grischunka, wo warst denn

allezeit, wo kommst denn her? Vom Ricci-Fluß? Aus der ›Trafiata‹? Vom Fontanka-Ufer?«

Sie zieht ihn an sich, auf den Stuhl zu ihrer Linken, sie liest ihm alte Hagebutten aus dem Haar »und aus den Brauenaugensträuchern Moos und Spinnweb und bißerl Nachttau ausm Bart. Kommst ausm Wald?«, sie schmiegt sich, »ausm Wald bist kommen?«

Perelman nickt.

»Von hinnen bist gezogen und von dannen in den Mittenwald?«

Perelman nickt nochmal, der Judenstern blinkt an.

Die Schlangerln schmeicheln, kringeln, ringeln sich in seinen Bart. Der Kellner Franz serviert Tirolerhütchen.

Der Judenstern blinkt aus.

»Die Lockerln wachsen dir in die Brauen, die Brauen wachsen dir in den Mund«, Mayröcker streicht über Perelmans Kopf. Sie läßt die Hand dort liegen, wo das Haar sich lichtet und die Fontanelle klopft. »Hast schon paar Federln lassen müssen, gell, im Heckenwerk, im Unterholz, bei deiner Einkehr in die Waldwirtschaft, Grischunja.« Mayröcker bündelt ihr Rabenhaar, nimmt seine Hand, ergreift sie und hält sie hoch und schreibt mit ihr zusammen »1 Zusammenhang« auf ihren weißgedeckten Tisch.

Der Judenstern blinkt wieder an, die Fontanelle klopft. Und es vergeht ein Weilchen, noch eins.

»Und jetzt?« lispelts aus der gerahmten Portraitantenmitte.

»Und jetzt? Grischka, was schaust denn so?«

»Ich schau Sie an, Moja Gosposcha.«
»Was schaust denn da?«
»Die schöne Welt!«

»Ach«, ruft die Mayröcker aus, »aaaaaaach, die Wunde! Daß einer wund sein kann bis auf die Knochen, Grischka, bis aufs Mark!«

Der Judenstern blinkt, und die Fontanelle klopft.

»Auf einem Haufen Altpapier bin ich gehockt, geharrt hab ich, verstehst mich, Grischka!« Die Mayröcker fährt ihre Schreibhand aus, »Verharrung«, kritzelt sie über die weiße Decke vor sich auf dem Tisch, »Verharrung, weißt, wie Lähmung, wie Verhaltung. Mein Fensterglas«, sie hebt die Hand von seinem Kopf, zieht sie zu sich zurück, »mein Fensterglas! Ich hab es mir mit weißer Farbe angestrichen, verstehst, Grischunja, mattes, fettes Weiß!«

Es kracht, es klirrt, ein Rahmen bricht. »Die Zaren kommen!« flüstern die Bücklingskellner hinter vorgehaltner Hand.

»Maman!« ruft eine helle Knabenstimme von der Portraitantenwand herunter, »das weißgestrichne Fensterglas, Maman, du weißt doch noch! Nur ganz hoch oben war ein kleines Loch im Weiß, da hing die tote Spinne, weißt dus noch, Maman? Und wenn der Wind ging, bewegten sich die Spinnenbeine, und wenn es stürmte, riß ein Beinchen ab, und manchmal rissen zwei ab oder drei, Maman! Und nachher hat die Spinne keine Beinchen mehr gehabt, und auch die langen Haare warn vom Bauch gestürmt und auch die Spinnenaugen aus den Höhlen, war alles weg vom Wind, Maman, du weißt doch! Und dann nur noch der runde Spinnenbauch, und dann nur noch der lange Spinnendarm, und dann nur noch die Fäden, ein paar Fäden noch. War das in Petrograd, Zarskoje Selo, Jekaterinburg oder in Wien, Maman? Und warn wir denn in Wien, Maman? Und wer, Maman, war eigentlich die Spinne?«

Die Mayröcker hebt wieder an. »Bist weit gekommen Grischka, weit gegangen. Bist vorgestoßen durch den Hagedorn in deinen Waldzustand und durchgekommen bis zu deinem Checkpoint Charlie?«

Perelman neigt sich Mayröcker zu, die zuckt zurück. »Obacht! In meinem Leib gehts zu wie aufm Jahrmarkt, Grischka, alles pfeift und knallt und springt.« Ihr Krönchen läßt sich hängen. »Schlappgeheult«, feixt sie, reißt es am Riemen, hebt von neuem an. »Den Waldweg zu dir hab ich g'sucht, durchs Unterholz, den Holzweg. War da doch eine leise Schneise, hab sie entdeckt, auf meiner letzten Seite in meiner verhockten Herrgottsfrüh. Hast nicht mit mir gerechnet dorten, gell?«

»Nein«, sagt der Perelman, »ich rechne nicht.«

Der Judenstern blinkt aus. Es zieht, die Donau rauscht.

Der Kellner Franz kommt angewedelt, in Schulterhöhe eine Tellerpalatschinke auf der flachgehaltnen Hand. »Fürn ersten Hunger«, flüstert der vertraulich, als gings um was Pikantes in der Welt.

»Geh, Grischka, komm! Jetzt nimm vom Franzl doch in Herrgottsnamen die Palatschinke da. Es ist die abgelehnte Nummer 5 vom Hotel Imperial, die anno neunzehnhundertvierundfuffzig dort vom Kollegen Kästner festgeschriebene, weißt schon, vom ›Doppelten Lotterl‹, der. Erlös mir doch den Franzl, bittschön. Ich kenn den schon seit neunzehnhundertfünfundfuffzig, und weißt, der dauert mich. Iß jetzt die Palatschinke, sapperlot! Der Franzl kommt sonst aus dem Kästner-Kasterl nimmer raus, der bleibt da eingekästnert sonst und wedelt dort mit seiner abgelehnten Palatschinke in alle Endlichkeit so fort. Wie der Ahaswer«, flüstert sie an seinem Ohr, »Ahaschwerosch, weißt schon, der nimmer lassen kann von seinem Sein, der arme Zausel.«

Perelman ißt fürs Luiserl, welches nach Hotel-Imperial-Wirklichkeit – »die Wirklichkeit ist blöd«, tönts von der Portraitantenwand, »Ann Cotten«, adjungiert die Mayröcker – 1945 das Lotterl gewesen war ›mit Todesverachtung‹, wies zu lesen steht, Buchseite 69, Ausgabe Büchergilde Gutenberg 1954, die Palatschinke auf. Der Kellner Franz ist jetzt erlöst von seinem Kästner-Joch, »von seiner Fron«, flüstert die Mayröcker Perelman ins Ohr, »seiner Ananke, Heumarmene, seinem Luiserllotterlhaschmich.«

Der Ton wird ausgeschaltet. Der Judenstern blinkt an, die Donau rauscht.

Es kracht, es splittert, birst. Hier tritt ein Fuß durch Rahmenglas, und dort fliegt eine Kußhand, eine Federboa, ein Zylinderhut, die Naserln ziehn die Köpfe ein, die Schrift flammt auf.

»Die Schneise war eine Schneide, eine Scheide, ein Spalt im Wald«, die Mayröcker knüpft wieder an. »Von meiner Schlafstatt, Schreibstatt her, da hab ich dich gesucht heut in der Früh, im Mittenwald, Grischunja, da hab ich hingeverst wie hingemörst, gemöst hab ich, tok, tok. Hast aber nicht mit mir gerechnet, gell?«

Von gegenüber, aus dem Opernhausgemäuer dröhnt das ›Traviata‹-Hackbambam. Der Rhythmus springt nicht über, hackt und hakt aus. Aktende, Pausenapplaus.

Perelman neigt sich Mayröcker zu, sein Russenmoll ist sanft und samt. Die Mayröcker schwingt sich ein, der Judenstern blinkt aus, der Portraitantenaufruhr unterbricht. »Du gehst und gehst am Waldrand, Moja Gosposcha, gehst mit den Füßen vorwärts, trittst ein, bis du verschwunden bist. Mitten im Wald kannst du nicht sein.«

Mayröcker schwingt sich aus. »Hast also nicht mit mir gerechnet, Grischka?«

Ein Windzug, Donaurauschen, kommt noch wer?

»Der Siebte, Achte, Neunte Mann?« Die Schlangerln und Ballonerln irren durchs Tirolerhutgefüge, die Naserln niesen, das Konfetti huscht.

Der Kellner Franz kommt, balanciert ein Schulterbrett. »Die Faschingsdienstagabendvorspeis.«

»Aber doch jetzt net, Franzl, Jesusmariaundjosef, jetzt doch net! Sonst hängst die nächsten hundert Jahr wieder in einer Speisenschleife fest«, Mayröcker flüstert, kichert, »man weiß doch net, wer dich grad niederschreibt.«

Die Donau rauscht, ein Windstoß, die Schrift flammt auf, sie loht.

Der Kellner Franz schreit »Feurio! Ein Faschingsfeuersturm«, schreit der, rennt los und will die Schrift auslöschen.

Die Mayröcker packt ihn am Frackschoß, hält ihn auf. »Die Null bist du, das Nix bist, Franzl, wo alles reinfällt, bodenlos, eine Verschwindung und Verschwendung bist! Jetzt, Grischka, sag doch du was!«

»Sie meinen das Unendlich, Moja Gosposcha? Unendlich durch Unendlich, meinen Sie, die Null durch null? Oder Unendlich mal der Null oder Unendlich minus des Unendlich? Den Reinraum meinen Sie, wo es sich reimt, den Reimraum, wo alles spielt, bevor es in Erscheinung tritt?«

Die Naserln niesen, tropfen, die Schrift flammt auf, es zieht, man fröstelt, sitzt im Wind.

»Im Windzug, Umzug, Auszug, Abzug«, tönts vom Naserlnchor.

Die große Glocke vom St. Stephansdom schlägt acht, neun, zehn. Der Kellner Franz, die Portraitantenmünder, Bücklingskellner, die Naserln, Schlangerln und Ballonerln zählen mit.

»Ein weiteres Unendlich greift beim Zählen Raum.« Perelman, im selben Windzug, zieht den Mantel enger, der Judenstern ist jetzt gespannt wie alle andern. »Die Menge aller Zahlen, Moja Gosposcha«, er beugt sich vor zu ihr, »ist größer als jedwede Zahl.«

»Ein Paradoxon, ein spöttisches?« Die Mayröcker, noch immer in demselben Windzug, fährt ihre Schreibhand aus, ihr Krönchen weht. »Oders Geheimnis, Grischka, das Mysterion?«

Der Judenstern blinkt an, die Donau rauscht, die Tür fällt in ihr Schloß, die Kellner stehn Spalier.

Ein Zipfelmütz durchquert den Raum.

Mayröcker reißt die Schreibhand hoch. »Zipfelmütz bleib stehn!«

Es kommt, Es kommt, Es geht quer durchs Tirolerhutgefüge, nimmt am Zentraltisch Platz.

Die Schrift glüht, Naserln, Schlangerln und Ballonerln hängen reglos in der Luft. Kein Kommentar kommt von der Portraitantenwand. Die Stühle und die Tische stehn mit aufgerißnem Mund, man hält den Atem an.

Die Mayröcker zieht ihre Schreibhand ein. »Man hats verraten, nicht wahr! Verraten und verletzt hat mans, verrechnet und verschrieben.« Die Schreibhand bebt.

Der Kellner Franz bringt einen Becher Eiscreme zum Zentraltisch, auf Zehenspitzen folgt die Bücklingskellnerschar.

»Plattmachen hat mans wollen, das unergründlich, unerklärlich, unerfaßlich Unaussprechliche, nicht wahr!« Die Mayröcker schreit auf. »Verkaufen wollt mans, verscherbeln und verscheuern!«

Perelman ergreift die Schreibhand, Mayröcker läßt es geschehen.

Am Zentraltisch löffelt Es den Becher aus, steht auf und geht in Richtung Schrift. Es geht über die Schrift hinaus, verschwindet. Und hinterläßt die Stille, die stehnbleibt im Tirolerhut – bis uns die Phantasie ausgeht.

Applaus von gegenüber, man erschrickt, die Pause auf der andern Straßenseite ist vorüber. Die Schrift glüht, und die Stille hält noch stand.

Und dann? Wer weiß –

– rückt man zusammen. Ein Blick, ein Gruß, man lehnt sich aus der Rahmung, die eine oder andre Geste wird ausgetauscht, zwei, drei Rahmen brechen, Glas splittert, fällt zu Boden. (Kehrt wer auf?)

Da und dort tritt eine seit Jahr und Tag in ihrem Rahmen festgesetzte Portraitantenprominenz hervor, herab, gesellt sich. Manch einer, der in Frack und Abendkleid nach einer Hofopernpremiere gegenüber hier beim Tirolerhutsouper gesessen war, alte Schauspieler, im Sarg ums Burgtheater Getragene, Adelsfrauen, Kriegsherren, Dichter, Komponisten, Kapellmeister, Sänger, hiesige und internationale. Die Internationale wird kurz angespielt (von wem?), keiner will so richtig.

Die Romanows sind angekommen, Zar und Zariza, der Zarewitsch, die vier Zarewne in ihren weißen Kleidern. »Sans façon, sans gêne«, bittet der Zar.

Man vertritt sich die Beine, schüttelt die Rahmensteifheit aus den Armen, man nimmt den Bücklingskellnern die Tirolerhütchen vom Tablett, begrüßt einander, stellt einander vor, manch einer kennt sich noch von ehedem. Man fröstelt, hüstelt, zieht die Stolen enger, die Schlangerln rascheln, und die Naserln rotzen, Tempotaschentücher wehn mit den Ballonerln durchs Tirolerhutgefüge, und das Konfetti liegt der Prominenz zu Füßen.

Die Cotten kommt in der Rüstung der Jeanne d'Arc daher, es scheppert, klirrt.

»Hing die denn auch schon droben an der Portraitantenwand?« (Fragt wer?)

»Da schau doch«, ruft die Mayröcker, »da schau doch nur, die Ann! Ich bin ja baff!« Sie lächelt zauberhaft. »Naja«, sagt sie, »die Zeit ist fortgeschritten«, bittet die Cotten an ihren Tisch und wendet sich zurück zu Perelman.

Man stiehlt sich noch einen eignen Augenblick, ehs losgeht.

»Was losgeht?« (Fragt jetzt wer? Die Cotten? Nein, wieso?)

Die Mayröcker bündelt ihr Rabenhaar und schaut dem Perelman auf den Mund. »Prächtig und trächtig«, kickt sie den Reim ins ungeschützte Tor. Knüpft neu an, wieder an. »Und gerechnet hast wirklich nicht mit mir, Grischunja?« Sie schlägt die Augen auf.

»Blau«, sagt der Perelman.

Die Mayröcker lacht wie der Kutscher auf dem Bock. »Zähl auf mich, Grischenka, sonst schreib ich dich hier raus!«

Der Judenstern blinkt an. »Zahlen, die zählen, zählen nicht, Moja Gosposcha, aus ihnen erzählt sich nicht, was zählt«, antwortet der ins Blaue.

Ein ›Traviata‹-Rums, man fährt zusammen auseinander. Leidenschaftsmusik, Passionsläufe von der andern Straßenseite.

»Horch«, ruft die Mayröcker, »der Entsagungssang! Die sind jetzt mit der ›Trafiata‹ schon mittendrin im 2. Akt.«

Der Zar ruft nach Schampanskoje.

Bücklingskellnerflitzen, Frackschoßfliegen. Champagnergläser werden auf Tabletts über der linken Flachhand balanciert, die rechte wedelt mit weißen steifgestärkten Stockfleckservietten.

Die Romanows haben inzwischen ihre Plätze eingenommen. Die andern auch.

»Wer sind die andern?« fragt die Cotten.

»Die Nachwelt flicht dem Mimen keine Kränze«, raunzt der Kellner Franz und ist schon auf dem Sprung. (Warum? Wohin?)

(Na weil ...) Die Portraitantenwand verschiebt sich. Noch ein ›Traviata‹-Rums, ein Knall, das Callas-Contrefait an der Portraitwandmitte sprengt seinen Rahmen, die Lippen öffnen sich, es singt, es singt, es übernimmt die Koloraturpartie der Ex-Verirrten von der andern Straßenseite. »Le lagrime avea d'uopo, or son tranquilla.«

Perelman fährt auf, die Callas-sotto-voce fährt der

Gesellschaft ein, Mayröcker fährt die Schreibhand aus. »Tränenmonstranz«, schreibt sie aufs weiße Tuch.

Es rumpelt, die ›Traviata‹-Treppe fährt aus dem Callas-Rahmen hinunter aufs Tirolerhutparkett und setzt dort auf. Ein Ruck, ein Rums, ›Traviata‹-Triller, die Callas tut den ersten Schritt.

Wankt sie, taumelt sie, ist das Holz morsch, die Eisenkonstruktion verrostet, fällt sie, stürzt sie?

Nein, nein, sie singt ihr ›Lagrime‹ und tut den ersten Schritt – Streichercrescendi, -glissandi, -tremulandi –, ergreift die Koloraturfreiheit, schwingt himmelan, jubelt die ›Lagrime‹ ins Fortissimo. Hochaufgerichtet, hochempor, die Linke am geschwungenen Geländer, die Rechte reifrockflutenraffend setzt sie sich in Szene. »Lo vedi? Ti sorrido …«, bebend, singend, »o so singend!« (seufzt jetzt wer?) schreitet sie von Stuf' zu Stufe abwärts.

Die Gummifäden, an denen die Naserln von der Decke hängen, schnicken und schnacken mit den Trillern auf und nieder, so daß die Naserln hier und da aufsitzen auf den Ballonerln, mit denen querfeld durchs Tirolerhutgefüge reiten, taktisch umzuckt von Schlangerln und vom Konfetti-Hutsch und -Flutsch.

»Or son tranquilla … Ti sorrido.«

Perelman springt auf, er eilt der Callas entgegen.

»Auf Oper is der narrisch«, raunzt der Kellner Franz, »mer erzählt sich, daß der Kunstkamerad z' Haus in Petersburg inkognito jede Nacht im Mariinski-Theater verhockt.«

»Sarò là, tra quei fior, presso a te sempre«, singt die Callas und schreitet, das edle Primadonnenhaupt seitlich geneigt, die ›Traviata‹-Treppe abwärts, hinab, hinunter, dem Perelman entgegen. Der steht am untern Treppenabsatz, das Antlitz voller Licht zu ihr erhoben.

»Das hohe Cef«, flüstert der Kellner Franz und will sogleich vergehn.

»Amami, Alfredo, amami quanto io t'amo!« Die Callas setzt den ersten Fuß auf das Tirolerhutparkett, Perelman verbeugt sich, bietet ihr seinen Arm, sie stürzt an ihm vorbei, sie strömt hinein in die Tirolerhutgesellschaft, reißt sie von den Stühlen, verströmt sich und versinkt, die linke Hand am Herzen, in ihrer Krinolinenflut, erstickt dort, akkompagniert von einem Streicherfurioso, ihr Adagio gleich einem letzten Lebenstrill.

Bravarufe, man applaudiert im Stehn, man drängt sie, nimmt sie auf und ein, Callaskußhände in die Luft geworfene.

Cotten hißt eine Empfindung, rappelt sich und rasselt mit der Rüstung. »Ach«, sagt die, »man könnt ja auch auf einen Stuhl steigen und schrein.«

»Schau an, die Ann!« Mayröcker spitzt ihr Krönchen.

Man setzt sich nieder, man beruhigt sich wieder, man leibt und lebt. Nur der Zentraltisch ist noch leer geblieben. Die Kellner nehmen Ordres auf und flüstern hinter vorgehaltner Hand. »Ja, is des net …? Is des denn net …? Des is doch …! Ja, des is die doch!«

»Verehrung und Verzeihung, bittschön«, stammelt der Kellner Franz zu dicht am Callasohr, »ich hab der Allergnädigsten schon anno neunzehnachtafuffzig …«

Perelman findet zurück zu seinem Platz, verbeugt sich, setzt sich wieder.

Mayröckers Krönchen flirrt. »Und ich, ich hab gedacht, du gingst mir ab!«

Perelman steht wieder auf, verbeugt sich nochmal. »Eine romantische Vermutung, Moja Gosposcha.« Er lacht schön, seine Fontanelle klopft.

Das Krönchen flirrt. »Hab schon nicht mehr mit dir gerechnet«, Mayröcker lächelt unverschämt.

»Und hier, Moja Gosposcha«, Perelman verharrt im Stehn, »meldet sich der Verdacht, Sie könnten vergessen haben, daß diesem kontinuierlichen Raume hier jedwede Dimensionszahl innewohnt. Alles ist offen, Moja Gosposcha, alles kann geschehn, Dichtung, Verdichtung, reine Mathematik.«

Die Schrift flammt auf.

»Ad infinitum, transfinit«, sagt er, lacht nochmal schön und setzt sich wieder.

»Und deshalb magst die Oper?« Mayröckers Krönchen flirrt für zwei.

An der Portraitantenwand scheint sichs jetzt zu beruhigen. Die, die noch oben hängen, zögern, zweifeln, ob es gut sei, ihren Rahmen zu verlassen, andre würden gern raus und wissen nicht wie, noch andre ignorieren das Geschehen. »Wie gehabt.« (Wer sagt das?)

Es wird gerätselt und geraunt, man tauscht sich aus, man scheint ins Selbstgespräch versunken, man starrt in das Tirolerhutgefüge, als teile man ein und dieselbe Halluzination.

»Is denn da droben überhaupt noch wer?« Die Mayröcker fährt ihre Schreibhand aus.

»Jede dimension structure kann durchknallen in eine andre, richtig?« fragt Cotten im Beiseite Perelman und rasselt mit der Rüstung. »Aus welchem Grund?« fragt sie.

»Die Gründe solchen Geschehens sind übermathematischer Natur«, antwortet der.

»Um was gehts«, ruft die Mayröcker dazwischen.

Perelman ergreift Mayröckers Schreibhand, die Schrift flammt auf. »Die grundlegenden geometrischen Anordnungen sind unberechenbar, Moja Gosposcha, erst jenseits unserer dimensionalen Strukturen werden sie sich entfalten.«

»Zu was?« fragt sie.

»Zu einem Vers vielleicht«, sagt er.

Eine Pause entsteht, noch eine.

»Da schauts doch«, ruft die Mayröcker und reißt sich aus der Pauseneinheit, »da schauts doch nur!« Sie deutet mit der Schreibhand auf die Bachmann- und die Monroe-Rahmen. »Diese verhängnisvollen Frauen«, Mayröcker lacht ihr Kutscherlachen, »hängen in ihren Rahmen dicht an dicht. Im selben Monat, selben Jahr geboren, waren die Todesarten auch wie beinah eins.«

»Frauenschicksale aus der Steinzeit«, kommentiert die Cotten.

Getuschel und Gefuschl. Der Ton wird wieder eingeschaltet.

»Weißt noch, im Fuschlschloß im Fuschlwald am Fuschlsee?« Die Bachmann raucht und seufzt –

»– sind wir am Tag zum Ende jeder Nacht getaucht«, übernimmt die Monroe, seufzt und raucht.

»Pathos«, ruft die Mayröcker ein.

»Pathos«, ruft der Perelman aus.

Der Judenstern blinkt an. Perelman rückt sich ins Bild. Hingewendet zur Mayröcker, die sich nicht abwenden kann, spricht er sie an. »Dein Gesicht, Moja Gosposcha, ist wie dein Gedicht, deine Gedichte sind deine Gesichte, das Pathos zwischen beiden ist der reine Bogen, der sich darüberhinausschlägt.«

Mayröcker legt ihren Kopf auf seinen Arm, das Krönchen knautscht. Perelman rückt es zurecht. »Zahlen, Moja Gosposcha, wohnt kein Pathos inne, und unter Pathosbögen zählt und rechnet nichts.«

»Und wutsch, hat dich die Katharsis beim Fittchen«, wirft Cotten zwischen beide ein.

»Pathos ist Überschreitung, Glut, Passion«, Perelmans Fontanelle klopft.

»Katharsis is Kappes«, wirft Cotten nach, »mit der löst du doch nix, beim nächsten Wutsch hat dich das Nickel wieder am Schlafickel.«

»Niemand löst irgend etwas«, Perelman lacht schön.

Bewegte Gesichter an der Portraitantenwand, das

eine oder andere Statement, was der Ton hier nicht erfaßt.

»Untergetaucht in unsere Geschichten, die nicht aufgehn«, hebt die Bachmann wieder an –

»mit den Schwänen, den Hähnen«, übernimmt die Monroe wieder, »Leda ich und Leda du.«

»Ein Eierknall«, schaltet sich von unterhalb die Cotten in den Wechselton, »die Dioskuren schon in Sicht?«

»Wir sitzen auf und reiten über Land, durch Hundertseelenflecken, Ackerbergundtal, Lebensglück fetzt vorbei, die Schwanenfedern stieben«, hört man die Bachmann.

»Die Sonne steht schon tief, wir reiten in Bad Ischl ein« –

»Ischl, Maman, wann warn wir denn in Ischl? Und warn wir denn in Ischl, Maman, oder nicht?« Die helle Knabenstimme, die vorher von der Wand rief, ruft jetzt vom Zarentisch herüber. »Und wenn wir nicht in Ischl warn, Maman, warn wir denn dann in Wien, in Petrograd, Zarskoje Selo, Jekaterinburg? Und wenn wir wo gewesen warn, Maman, dann wann? Und wenn wo, Maman, dann nach dem Gregorianischen oder dem Julianischen Kalender wann?«

– »wir galoppieren quer, die Leute singen auf den Abendbänken vor der Haustür ›O wie wohl ist mir am Abend, mir am Abend‹«, hört man die Monroe.

»Wir sitzen beim Zauner am Traunrand«, übernimmt die Bachmann wieder, »am Traunzaun vom Kaffeehaus stopfen wir uns die Nachtwurst rein.«

Die Mayröcker stößt dazu. »Obacht«, flüstert die, »Stopfschwäne auf der Traun!«

»›Wenn zur Ruh die Glocken läuten, Glocken läuten‹, singts von den Abendbänken«, fällt die Monroe wieder ein.

»Mich kotzt das Kircherl, sag ich«, sagt die Bachmann, »und du sagst«, sagt die, »›der Kapellenkokolores drüben über der Nachttraun strahlt.‹ Und ich sag, ›verstrahlt‹, und die Mayröcker sagt, ›Obacht! Das ist ein Schwarzweißbild mit Schwanenhals‹, und die Glocken schlagen drauf und hauen rein, und droben überm Traunstein der Eulenmond, huhu.«

»Kommts doch runter, ihr Weibsbilder!« ruft die Mayröcker dazwischen, »steigts doch heraus aus euren Rahmen, ihr geschätzten Schätze!«

»Hörts, die Mayröcker ruft!« Die Bachmann drückt die Zigarette aus an ihrem Rahmen.

»Hörts, die Abendglocken läuten.« Die Monroe, ungeschminkt mit lodderigem Haar, »so süß, so süß, wer faßt denn so was« (und wer sagt das denn?), sie spuckt die Kippe aus dem Kußmund durch ein Glasloch auf den Scherbenhaufen unten vor der Portraitantenwand.

»Seilts euch doch ab«, schaltet sich Cotten ein und zieht ein Lasso aus der Rüstungstasche, zielt, wirft, Monroe will es fangen, Bachmann fährt dazwischen, »Hooo!«

ruft die, »Kehrt und Brrr!« ruft die, »im Osten ist schon Dunkel, und hier schwant uns was!«

Das Lasso knallt aufs Tirolerhutparkett zurück, die Scherben spritzen, die folgende Sequenz verbleibt noch im gehängten Rahmen.

»Ho!« ruft die Bachmann, »Rückritt übern See! Schwanentritt und -ritt, die Schnäbel stoßen vor, wir ihnen auf den Hals gesteckt, gestuckt, im Reit- und Reizgalopp sprengen sie unsre Bahn, Blut und Geweide«, ruft die, »Ho!« ruft die.

»In ihnen und in uns das Schwanenherz, es schlägt, es drischt«, jetzt ruft die Monroe, »es sprengt«, ruft die, »es platzt. Mein Mund ein Schwanenmaul, was brüllt!«

»Ho!« ruft die Bachmann, »die Schwäne heben ab, wir tragen ihre Flügel«, ruft sie, »und in den Alpen ist noch helle Nacht.«

Der Ton wird ausgeschaltet.

Eine Zäsur?

Nein, die Mayröcker beugt sich zu Perelman. »Wenn man über die Ränder balanciert, dann spürt man, wos nach rechts und links abgeht, gell, Grischka.«

Perelman ergreift Mayröckers Hand, führt sie sich an die Brust.

Der Judenstern blinkt auf.

»Du bist so spiegelblank ums Herz, ausrutschen könnt man«, flüstert sie.

Ein Tröterich spektakelt draußen auf der Gasse. Zwei, drei Ballonerln wollens ihm nachtun, lassen Luft ab und verrecken, pffft. Schlaffe Gummileichlein trudeln durch Tirolerhutgewölb.

Es zieht, die Donau rauscht, kommt da noch wer?

Der Dritte Mann hängt fest in seinem Rahmen. »Wie war doch gleich sein bürgerlicher Name?« (Und wer fragt das jetzt?)

»Rosebud«, die Cotten grinst.

»War der denn hier?« will einer jener Portraitanten wissen, die ihren Rahmen schon verlassen haben.

»Alle warns hier, halten zu Gnaden, sonst hingens doch net droben an der Wand. Aufm Lichtbild drauf von dem da droben stehts doch geschrieben, gewidmet und datiert. Da stehts doch, habts doch Augen oder net?« Der Kellner Franz fällt aus der Rolle, schlägt hin und steht gleich wieder auf. »Habe die Ehre«, nuschelt der, zieht seinen Schwanz ein und verschwindet.

»Rosebud, der Dritte Mann, nimmt alle Schuld auf sich«, die Cotten weiß es. »Der buckelt die Wiener Kindertotenlast von 1945, der oame Hirsch. Der fühlt sich wohl net wohl in der Gemeinde Wien, man siehts ihm an. Verzweiflungsgrade, die man nicht möcht messen müssen.«

»Dreinschaun tut der«, flüstern die Bücklingskellner hinter vorgehaltner Hand, »da hebts dirn Magen aus! Der scheißt sich in die Hosen«, flüstern die. »Ja, Schnecken! Der steckt doch eh schon im Kanalsystem. Wann der anstatt von seinem Panschpenicillinium in Grinzing aufm

Schwarzmarkt die Judenstern verscheppert hätt, mitsamt dem Zwirn dazu zum aufs G'wand draufnähn, dann hätt der ein Geschäft gemacht. Hernach wollt jeder Jud sein, stimmts? Sogar der Jud wollts, stimmts? Und hätt für das Gehabte hernach noch draufgezahlt. Der muß auf d' Nacht noch in die Prosektur nach Simmering, oda direkt nach Hitzing, ins Leichenschauhaus, bisser saftelt, oda gleich aufn Anasiebziger, ab zum Zentralfriedhof, Tor Nummer 4, wo die, die die Stern seinerzeit aufm G'wand g'hobt hobm, jetzert Wurzeln schlagn oda net. Na servas! Und dazu blos mer aufm Fotzhobel a Halleluja oda zwa.«

Die Glocke vom St. Stephansdom schlägt neun, zehn, elf. Die Callas und die Cotten, der Kellner Franz, die Portraitanten, Bücklingskellner, Naserln, Schlangerln und Ballonerln zählen mit.

»Noch eine Stund bis Aschermittwoch«, lispeln die Schlangerln und wähnen sich bereits im Ofenloch mitsamt der Kronenzeitung von gestern.

»Ich mag die Glocken nicht«, flüstert die Mayröcker, »den Glockenzungenschlag, den Zeit- und Zahlschlag. Der schlagt mir ein, Grischka, der schlagt mich, der zerschlagt mich«, ihr Krönchen weht und weht nochmal.

»Nicht zählen und nicht rechnen, Moja Gosposcha«, flüstert der Perelman und drückt die Schreibhand an sein blankes Herz.

»Auch nicht auf dich«, flüstert die Mayröcker, »auch nicht mit dir?«

»In einer Stunde schlägts vielleicht dreizehn« –

Der Judenstern blinkt an.

– »und in zwei vielleicht drei, und bei dreizehn fallen die Glocken vielleicht aus dem Turm, und bei drei wird der Turm vielleicht erst gebaut«, flüstert er dicht an ihrem Ohr.

»Und der steht dann direkt in deinem Waldrevier?« flüstert sie dicht an seinem.

Ein ›Traviata‹-Rums. Die Schreibhand fährt zurück. Ein Hackbambam und noch eins, noch eins.

Und »Ei ei ei, wer kommt denn da? Das Sisserl!« Der Kellner Franz verdutzt.

Die Bücklingskellner rollen den roten Teppich aus. »Kaiserrot«, flüstert der Kellner Franz, »des is ein Descha vü!«

Die Luftballonerln, Schlangerln, das Konfetti, alles huscht herbei und stellt sich auf, formiert sich.

»Da sixsts, da kommts schon angetrippelt«, dem Kellner Franz entfährt ein Kaiserschluchzer.

»Hat auch Gefühle«, röhrt der Naserlnchor und denkt ans eigene verschnupfte Leben.

Die Romysissi führt das Kaiserfilmkind an der Hand, das plärrt, kennt sich nicht aus in dem Tirolerhutgefüge, es ist im Film zu Haus, auf der Piazza von San Marco, unter Patriziern, Dogen, Kirchenfürsten.

»Des is jetzt mehr als hundertfuffzig Jahre her, wos galt, den Krieg mit den Lombardo-Venezianern abzuwenden«, flüstert der Kellner Franz ergriffen.

»Und haben sies denn geschafft, die Romysissi und

die blonde Maus?«, wollens die Naserln wissen, wie die Schlangerln, Luftballonerln.

Die Maus plärrt, will sich Hand und Fuß abbeißen.

»›Selig sind die, deren Herzen in einen Aschermittwoch überspringen.‹ Hat der des net gesagt, der Bischof von San Marco unterm Domportal der Romysissi, die mit der Maus in ihrem Krinolinenknicks versinkt und seine Bischofsringhand küßt dabei?« fragt Cotten.

Die Maus plärrt.

»An Finger hats scho abgebissen«, röhrt der Naserlnchor, »der liegt jetzt auf dem Kaiserrot als Filmattrappe.«

»Halten zu Gnaden«, flüstert der Kellner Franz, »lassen S' doch laufen, des Mauserl, sonst beißts am End auch noch in Ihro königliches Fleisch und Blut, und dann nutzt Österreich-Ungarn der venezianische Friede a nix mehr. Habe die Ehre«, die Stimme bricht ihm weg.

Die Romysissi kriegt ihren Schreck. Sie läßt das Kind los, das trollt sich augenblicks zurück in den verlaßnen Rahmen an der Wand und von dort weiter in sein Filmchen, wos immer weiter trollt und tollt.

Die Romysissi trippelt übers Kaiserrot, Klappmesser stehn Spalier, sie stolpert, stöckelt, sinkt vor der Mayröcker ins tiefste Knie, die Reifenröcke schlagen über ihr zusammen wie vorm San-Marco-Domportal, ihr Lächeln geht in einem Nu, einem wie keinem um die ganze Welt.

»Von wo nach wo?« fragt jeder Interessent.

»Nach Danzig, Lüttich, far from Vienna, in alle Oberhausennester«, röhrt der Naserlnchor.

Man nickt der Romysissi zu, Mayröcker hilft ihr auf und reicht sie weiter. Durchgereicht wird sie bis hinüber zu den Romanows. Dort tauscht man Küsse, es ist schicksalhaft, es hätt auch alles anders kommen können. Man ist auf Augenhöhe, die Orden blitzen hier wie da – »es is ja Fasching, oda?« (Sagt das wer?)

»Gehörst du auch zu dem Verein?« Cottens Johannenrüstung scheppert, sie deutet auf den Judenstern von Perelman, der blinkt sie aus.

Ein Aufruhr an der Portraitantenwand kündigt den letzten Rahmenausbruch der dort oben noch Verbliebnen an. Scherben fliegen, man duckt sich, Ballonerln platzen, Schlangerln reißen, Naserln bluten, Blutstropfen klopfen aufs Tirolerhutparkett.

Einer tanzt aus dem Rahmen, springt, saust kometengleich durch das Tirolerhutgefüge, landet vor Mayröckers Stuhl, küßt ihren linken Schuh, springt aus dem Stand hinauf, bis wo die Naserln hängen, beißt sich paar ab, die rotzen, bluten, und legt sie Mayröcker zu Füßen.

»Der Jinzerl!« ruft die aus, »der Jinzerl, Sakrament!«

»Nijinski!« gehts als Lauffeuer von Mund zu Mund. Er trägt das Faunskostüm von 1912, er tanzt, er springt, er schlägt ein wie ein Blitz.

Der Zar mit dem Zarewitsch an der Hand ist aufgesprungen, die Zariza und ihre vier Zarewne tun es ihm nach. Alle reißt es jetzt von den Stühlen.

»Der Jinzerl«, ruft die Mayröcker nochmal und will ihn fassen.

Doch der tanzt weiter, rast über alle Tische, nur den Zentraltisch überspringt er, tanzt sich zwischen Tirolerhüten und Champagnerkelchen auf die Faunsspitze, tanzt schrecklich, »schrecklich«, ruft jedweder in panischer Begeisterung.

Man kreischt, man grapscht, die Schlangerln winden sich um seine beiden Hörnchen, die glänzen, tropfen, saftig, kraftig. Er flieht, er springt, die Mayröcker fängt ihn ein und nimmt ihn unter ihre Schreibhand.

Kaum hat man sich wieder gesetzt und abgekühlt, kaum ist das Nasenblut gestillt, kaum sind die Bisse ausgeheilt, kaum hat die Portraitantenrunde das ein ums andre Mal »très Ballet Russe!« gerufen und gescherzt, Nijinskis Faun sei doch wohl eher sibirischen Sümpfen denn denen der Camargue entstiegen, kaum hat man sich erzählt, Sarah Bernhardt habe, nachdem sie in Paris Nijinski tanzen sah, voll der verzweifelten Erregung ›j'ai peur, j'ai peur‹ gerufen, ›car je vois l'acteur le plus grand du monde‹, kaum hat man sich über sein Faunskostüm, die Goldschnurkappe mit den beiden dicken kurzen Hörnchen ausgetauscht, die mit Wachs zugespitzten Ohren, denen eines Lipizzaners gleich, die dunkelbraunen Flecke auf den Arm- und Beinmassiven, und kaum, befallen von der Faunshaut, bekannt, sie als obszön, als unkeusch und bestrickend zu empfinden – haut jemand auf die Pauke. Pauken- und Trompetenfuriorissimo von der andren Straßenseite.

Die Callas, aus dem Zarenkreis taucht sie herauf, fährt hoch empor, breitet die Arme und singt nochmal: »Dio dai rimorsi ti salvi allora!«

Cotten faßt sich ans Eisenherz, Mayröckers Krönchen funkelt, Perelmans Judenstern blinkt an, Nijinskis Faunshaupt zuckt unter der Schreibhand.

»Ah! lo spenta ancora (pur) t'amerò.« Der tragische Callas-Maskenmund färbt sich blutrot. Das attische Ió, Aéh greift Raum im Kurtisanenschmerz der Demi-monde, und der Belcanto fetzt, zerfetzt, der Maskenmund singt Fetzen, Atriden-Schmerz, Wehklage aus Mykene. Die nächsten Paukenschläge kriegen Fluchformat, die Ió-Vokalise saugt sich voll mit Leid und Schrecken, schwillt an, schwillt über sich hinaus, die Callas hält das Aéh noch auf dem hohen F, sie hält und hält es, bis es zu sich selbst kommt – und wohin fortklagt? In eine Heimat oder eine Fremde?

Noch sieben Paukenschläge, und das Schicksal ist besiegelt. »Schicksal? oder Verhängnis?« (Fragt jetzt wer?)

»Wo ist die Callas? Außer sich?« (Fragt jetzt wer anderer?)

Sie taumelt, und während sie zurückstürzt in ihren Primadonnenkorpus und in die Arme der Zariza und der vier Zarewne und während die Sopranistin von gegenüber, die sie an die Wand gesungen, als Schattenriß jetzt über den verlaßnen Rahmen aufscheint und vergeht, während die Donau rauscht und man sich an die Brust faßt, wo es zieht, prüfend, ob sich da was entzündet (Sekundenrausch von Donaudigitalis!), während des Rufausbruchs, des Brava grande aus aller wie aus einem Mund, schlagen die letzten Portraitanten auf.

Applaus von der anderen Straßenseite.

Bachmann und Monroe, akkompagniert von Rosebud, dem Dritten Mann, sie landen wohlbehalten auf Tirolerhutparkett.

»Und du?« Bachmann und Mayröcker schauen einander in die blauen Augen.

Cotten mischt sich ein. »Avec ma main brûlée, j'écris sur la nature du feu«, gibt sie Kollegenauskunft.

»Des is doch der Flaubert!« Mayröckers Krönchen spitzt sich.

Die Bachmann braucht noch einen Ausbruch. »Brrrrrrr!« tobt die los, »im Zaum gehalten, in Schach, im Rahmen, Hooooooo! angeglotzt und angekotzt«, sie zieht den Reimstab aus der Tasche, »angebrunzt«, schreit sie, »von Hinzt und Kunzt. Des g'hört verboten«, schreit sie, »g'hängt g'hörns, die Fotografen, bis sie tropfen!«

Der Judenstern blinkt an und aus.

Die Romy hat die Sissi bei den Zaren sitzen lassen, sie stößt dazu. »Und jetzt heißts weiterdurchdrehn oder was?«

»Zum Totweinen«, weint die Monroe und wirft die unterspickten Ärmchen in die Luft. Ein BH-Träger reißt, »Kuckuck«, ruft sie und weint und weint und lacht so, wies die Reinhardt- und die Strasberg-Seminaristinnen zu lernen haben, vom tiefsten Weinen in das höchste

Lachen steigern, steigen, fallen und verfallen, Kaskadenakrobatik, Entgleisungskunst, Heimatgefühl.

»Nembutal«, wirft die Bachmann ins Spiel.

»Dexamyl«, wirft die Romy nach.

Die Bachmann stutzt. »Und du«, fragt sie die Cotten und klopft mit ihrem Reimstab gegen die Johannenrüstung.

»Ich bin gerüstet«, grinst die Cotten und scheppert leise.

»Chloralhydrat«, wirft die Monroe weiter ein.

»Lexotanil«, wirft die Bachmann weiter nach, »des g'hört verboten«, schreit die, ihr Kirschenmund lädt ein, die Naserln werden unruhig. Sie reißt den Reimstab hoch, »aufs Rad geflochten g'hörns, gevierteilt, wie die Kater, die Psychiater!«

Mayröcker fährt die Schreibhand aus, kurzes, heftiges Kräftemessen, die Hand hat Oberhand, das Krönchen spitzt sich zu.

Ein Gipfeltreffen. Man hat sich ausgetobt. Jetzt wird gekichert und gekost. Das süße Ringelblumenface der Monroe hat schon geküßte Flecken. Die Naserln, Schlangerln und Ballonerln wollen mittun, und das Konfetti wirbelt außer Rand und Band.

Rosebud, der Dritte Mann, steht abseits.

»Gibts kein Entkommen mehr für den in Wien?« fragt die Monroe.

»Nein«, sagt die Bachmann, »keines. Dünne Kinderchen in kurzen Mänteln mit Staksbeinchen hüpfen ihm hinterher, hopphopp, durch jede Gasse, jedes Stiegenhaus, hopphopp, sie staksen und die Beinchen splittern, hopp, Dunkelstakserchen, Penicillinpanschsplitterhaserlnlarven bis unters Dach.«

»Gibts denn noch Überlebende?« fragt Monroe, will dem Dritten Mann die Brücke baun.

»Der Floridsdorfer Donauübergang ist als Provisorium mindestens seit Juni 45 wieder begehbar«, berichtet die Bachmann folgenlos. Der Dritte Mann verharrt.

»Der will aus seiner Filmhaut raus«, mutmaßt der Naserlnchor, »der will des Faschingsegens hier teilhaftig werden.«

Die Romy, mit demselben Hautproblem, führt ihn der Zarenrunde zu und nimmt die Sissi wieder auf sich. Man unterbricht ein Kartenspiel, man nimmt sich seiner an, man kennt sich mit Vergiftungssünde aus.

Ein Ritardando. Nijinskis Faun nistet noch unter Mayröckers Schreibhand, er steckt den Kopf in sein Kostüm.

Perelmans Finger trommeln leise zwischen den Mayröckerkritzeleien auf den Tisch.

Die Schlangerln rollen sich zusammen wie Hund, Katz, Faun, so daß das eine Ende der Figur vorm anderen nicht endet, so daß es schließt und sich genießt, denn die Sequenz hat eine hübsche Stille.

Es zieht, die Donau rauscht, Mayröcker fröstelt. »Sind wir vollzählig, Grischka, oder rechnen wir noch mit wem?«

»Mit der Natur kamen die Zahlen, Moja Gosposcha,

als es die noch nicht gab, gabs auch die Zahl noch nicht, weil nichts zu zählen und mit nichts zu rechnen war.« Perelman zieht einen Abakus aus seiner Manteltasche, edel, alt und orthodox verschnörkelt.

Der Judenstern blinkt an. Die Schrift flammt auf.

»Die Zahl, Moja Gosposcha, ist eine simple Abstraktion der Dinge. Schauen Sie«, spricht er, der Mayröcker ganz zugewandt, »wenn man die Kugeln dieses Rechenbrettchens hier nach seinem Gusto ordnet, ruft man damit eine Idee von Zahl ins Leben, doch man erschafft sie nicht damit. Räumt man das Rechenbrettchen leer, zerstört man sie auch nicht damit. Zahlen bestehen immer fort. Auf andern Rechenbrettern, in anderer Verflechtung, andrer Mannigfaltigkeit. Die Zahl, Moja Gosposcha, mitsamt jeglicher Errechnung und Vermessung, die man mit ihr anstellt, sie ist in aller Welt zu Haus, in jedem Ding, jeder Bedingtheit.« Perelman fängt an zu glühn, die Fontanelle unterm schüttern Haupthaar klopft, die linke Hand, der rechte Fuß skandieren jedes Wort. »Doch in der Unbedingtheit, jenseits jedes in sich selbst zurückkreisenden Dings, zählt nichts, Moja Gosposcha, nichts rechnet sich, und nichts läßt sich ermessen.«

Der Judenstern blinkt und blinkt aus.

Perelman glüht, in sich versunken oder -stiegen, klopft er die Wortwesen aus sich heraus, bis sie, hier oder da, schwarz oder weiß rumstehn im Tirolerhut, nicht weit vom Stephansdom, vom Opernhaus, vom Heldenplatz, von Leningrad, Kuptschino und so fort. »Dem Hexagramm des Judensterns, Moja Gosposcha, in dem das

Dreieck der Bedingtheit und das der Unbedingtheit einander überschneiden, in dem sie sich durchdringen und aufeinander ihre Wirkung tun, liegt keineswegs die Figur einer mathematischen Idee zugrunde. Der Judenstern, das Davidschild, das Siegel Salomons sind Zeichen, Signa eines wirklichen Geschehens, einer ununterbrochen andauernden Bewegung.«

Perelman steht auf von seinem Stuhl, die Fontanelle klopft, seine Gedanken schlagen Funken, der Judenstern blinkt an und aus, die Portraitantenrunde schart sich.

»Aug und Stirne glänzen«, flüstert die Mayröcker der Bachmann – »ein Mannsbild«, flüstert die Bachmann der Cotten – »ein Gedicht«, flüstert die Cotten der Mayröcker.

Die fährt die Schreibhand aus. »1 Metrum«, schreibt sie auf den Tisch.

Mit einem Auftakt setzt die Sprache wieder ein. »Die Gesetze der Bedingtheit sind mathematischer Natur, und die der Unbedingtheit sind poetisch, metrisch. Innermaß und Übermaß, Moja Gosposcha, Messieurs-Dames, versteht man mich?« Perelman hebt die Stimme an, »Rhythmus«, ruft er, brüllt er, »maßloser Rhythmus, rhythmische Maßlosigkeit, Metrum, Metron, Metatron, Metathronon!«

Die Donau rauscht, es zieht, kommt doch noch wer?

Auftritt der Kulissenschieber.

»Der kommt von drüben, von der Oper rüber, der soll hier umbaun«, raunzt der Kellner Franz.

»Isses denn schon so spät, so weit?« Das Mayröckerkrönchen funkelt.

»Wirds Zeit, ein Buckerl zu machen, ein Bankl zu reißen, an Achtasiebz'ger zu besteigen?« Der Kellner Franz schaut auf sein Erbstückührchen aus der verwetzten Westentasche.

»Ordnet sichs anders«, fragt die Bachmann – »ordnet sichs um«, fragt die Cotten – »ortet sichs aus« (fragt wer?).

Perelman, atemlos noch vom Versgalopp, hält das Geschehen an. Derweil kriegt der Kulissenschieber ein Tirolerhütchen »oder zwa«.

Ein Ritenuto, Ritenente. Gedankengemurmel, bald ein lautes, bald ein leises Wort, ein Räuspern, Husten, kurzes Frauenlachen. Man verweilt noch an den Tischen, läßt noch die Blicke schweifen, hier und da fällt noch ein Taschentuch, da und dort wird es noch aufgehoben. Am Zarentisch spielt man noch Karten.

Perelman setzt sich wieder, er beugt sich vor und hin zur Mayröcker. »Auf der Schwelle, Moja Gosposcha, beim Glockenschlag der höchsten Zeit, bevor es dreizehn schlägt, herausgeschlagen aus jeglicher Bedingtheit, überlebst und überstirbst du«, Perelman ergreift Mayröckers weiße Schreibschönheit, »kannst du erkennen und erzählen, daß nur die Zahl zählt, mit der kein Mensch hier rechnet.«

Der Chor der Naserln summt ein Russenmoll, die Bücklingskellner haben das Servieren eingestellt, die

Schlangerln und Ballonerln dösen, klumpen zusammen unterm Gewölbedach.

Der Judenstern blinkt an, blinkt jeden düstern Herrgottswinkel aus. Ein Elfenbeinschmerzensmann steigt von seinem Ebenholzkruzifix, rappelt und renkt sich, schaut sich um, kotzt ein bißchen und gesellt sich.

»Ahhhhhhh!« Mit ihrem wehsten Pianissimo setzt noch einmal die Callas ein, erhebt sich aus der Zarenrunde, legt die El-Greco-Hände aneinander zum Gebet, senkt ihre Wange drüber und singt das »Tutto finì or, tutto finì«.

Die Schrift flammt auf. Das Tirolerhutgefüge, nicht weit vom Stephansdom, vom Opernhaus, vom Heldenplatz, von Leningrad, Kuptschino und so fort, erschüttert und wird undicht.

Eine Streicherfermate, eine Achtelzäsur, und kaum ist der höchste Tränenton verklungen, brechen, akkompagniert vom ›Holladri, Holladra‹ des Pariser Karnevals, was gegenüber auf der andern Straßenseite im Staatsoperngemäuer vor der stillen ›Traviata‹-Sterbestube einsetzt, Hackebergerchen und Nerdmeisterlein aus ihren Zahl- und Rechenwadis durch die Gefügeritzen, kollern, purzeln, wimmeln, wuseln mit roten brennenden Rüsselchen unterm Beinkleid übers Tirolerhutparkett.

Man hebt die Hände und die Füße, zieht die Knie an den Bauch.

»Schiach sind die«, kreischt die Romysissi und springt auf einen Stuhl.

»Eklig, o eklig«, kreischt die Monroe und springt auf einen Tisch.

Die Cotten, in der Johannenrüstung, bleibt eisern aufrecht im Gewusel. »Kleine Ekstase? Dimensionsstau? Netzverstrickung?«

Bachmanns Reimstab zuckt und schlägt aus. »Überhitzung durch Beschleunigung? Mathematisch bösartiger Reflux? Faschingstreiben?«

»Auf welcher Station sind wir denn?« (Fragt wer?)

(Und wer fragt, ob das Netz gerissen sei, »zerfasert und zerfetzt, disrupted oder was?«)

Gegenüber, im Staatsoperngemäuer auf der andern Straßenseite, hat das Finale ultimo längstens begonnen. Ein ›Traviata‹-Rums, noch einer, das schlimme Streicherpizzicato – da capo! Die Callas nimmt die Beine in die Hand, büxt aus, sie schlägt das Netzgewusel mit El-Greco-Händen von den gerüschten Krinolinen, es klammert, klettet, zeckt, die Callas rennt, sie stolpert, rafft sich wieder, rennt quer durch das Tirolerhutgefüge, stürzt zur Tür und stößt die auf. ›Traviata‹-Hackbambam, Pauken und Trompeten, tosender Beifall, donnernder Schlußapplaus.

Ein Windstoß, Ballonerln, Schlangerln und Konfetti fliegen auf, die Naserln schlingern, und die Donau rauscht.

Bachmann, umklammert von der Monroe, schlägt

jetzt mit dem Reimstab zu. »Laboranten, Spekulanten, Nebochanten!«

»Konstruktanten, Simulanten, Emulanten«, setzt die Cotten drauf.

Man steht nur mehr auf Stühlen und auf Tischen, einzig Rosebud, der Dritte und der Schmerzensmann bleiben, von der Sündenlast gedrückt, auf ihren Stühlen sitzen.

Die brennenden Rüsselchen bohren sich ins Tirolerhutparkett, wühlen und werfen es auf. Ein leichter Brandgeruch macht sich bemerkbar.

»Swetoj Dimitri! Swetoj Nikolai!« Die Zariza und ihre vier Zarewne knien auf dem Zarentisch, einzig der Zar in seinem Cutaway steht aufrecht, den Zarewitsch an der linken Hand.

»Ich bin Soldat, Maman«, ruft der mit seiner hellen Knabenstimme. »Ist das die Schlacht von Wien, von Ischl, von Petrograd, von Zarskoje Selo oder von Jekaterinburg, Maman?«

»Ich möcht zum Papa heim nach Possenhofen!« Die Romysissi springt mit einem hellen Schluchzauf vom Zarentisch herab.

»Possenhofen, not far from Fuschl!« Die Monroe läßt die Bachmann los und springt der Romysissi hinterher, hebt ihre unterspickten Ärmchen, ruft »Uij!« und beißt sich auf die nackte Unterlippe, nimmt ihre herrlichen Hüften in die Hand –

»Born to be married«, zischt die Cotten.

– stachutzelt auf ihren höchsten Hacken durch das Netzgewusel, zertritt das eine oder andere rote Rüsselchen, »Auwatsch!«, ein Windstoß, die Monroe und die Romysissi sind verschwunden.

»Ein Gottseibeiuns, bittschön, oder zwa!« stammelt der Kellner Franz. »Habe die Ehre, i bin ja viel umeinanderkommen, bis Graz war i, bis Judenburg, bis Idaho …«

Das Netzgewusel dringt schon durchs Gewölbedach, die Naserln wollen beißen und finden keinen Zahn, die Schlangerln wollen würgen, drosseln – und zerreißen, und die Ballonerln, ach, die Ballonerln! Ein Rüsselstich, ein Knall, sie sind zerplatzt.

Der Judenstern blinkt an.

Perelman wendet sich Mayröcker zu. »Die Vermutung, Moja Gosposcha, liegt auf der Hand, Ihrer wie meiner, daß die da kurz vor Aschermittwoch noch im Begriff sind, zahllos und unberechenbar zu werden.«

»Lasset die Nerdlein zu mir kommen«, dröhnts schwach von dorten, wo der Schmerzensmann sich Platz genommen hat.

»Goschen«, ruft die Mayröcker und reißt die Schreibhand hoch, die Schrift flammt auf, ihr Krönchen wird zur Krone, das Netzgewusel liegt auf dem Rücken, die roten brennenden Rüsselchen sind ausgebrannt.

Der Faun, unter der Hand am Boden, kauert, zuckt vorwärts, weicht zurück, die Luft braust, seine Nackenmuskeln spannen sich zum Sprung, er wittert, äugt, reißt sich die Hörner ab, die Ohrenspitzen, fährt mit dem ersten Schlag von zwölfen aus seiner Faunshaut, springt auf den Stephansglockenton – ein Tour en l'air, ein dröhnender Luftstand, eine nackte Pirouette, zwei –, berührt nur einen Herzschlag lang den Boden und springt, stößt, tobt wieder hinauf, dem nächsten anbrausenden Glockenschlag entgegen, ein Entrechat, ein Senkrechtsprung, bei dem die Füße in der Luft sich mehrfach kreuzen, ein Pas de deux zusammen mit dem Stephansglockenklöppel, ein Pas de bourrée nach links, ein Fouetté à la seconde wird eingetanzt der Glockenluft, wird eingestanzt, um wiederum nur einen Herzschlag lang am Boden derer zu verweilen, von denen ein jeglicher allein, allein mit sich und seinem Herzschlag die Glockenschläge zählt, um wieder aufzufahrn und wieder, mit einem Entrechat cinq, einem Entrechat dis, einem Entrechat trente, Schlag auf Schlag.

Perelman, selber nach vorn gebeugt, wie auf dem Sprung, ergreift mit beiden Händen die freie Hand der Mayröcker. »Nijinski tanzt Synkopen, verschiebt die Glockenschlagzäsur, die Schlagzeit, er dehnt den Zeitstoff, Moja Gosposcha, bis er reißt.«

»Und springt jetzt über in dimension four«, die Mayröcker fährt ihre Schreibhand aus, die Schrift flammt auf, Nijinski springt, die Glocken schlagen, der Judenstern blinkt an und aus.

»Er tanzt auf Versfüßen, schreibt die Bewegung ein wie Worte.« Die Mayröcker hat aufgehört zu zählen, den Herzschlag wie den Glockenschlag, die Schreibhand ausgefahren in der Luft, die andre von den Händen Perelmans umfangen, sitzt sie so auf dem Sprung wie der.

Und jetzt?

Mit einer einzigen Tour de force durchquert Nijinski das Tirolerhutgefüge. Der zwölfte Schlag braust an, schlägt ein, dröhnt aus. Nijinski steht in der Luft, er bebt, er fällt.

Ein Aufschrei, man glaubt, er sei verletzt, springt von den Tischen, Stühlen.

Doch er, er hebt sich und hilft den Naserln, die hin- und abgerissen sind von seinen Sprüngen, auf die Beine. Steht vor dem Zarentisch, nackt, schweißüberströmt und atemlos. »Batjuschka, je vous en prie!«

»Le dieu de la dance!« Der Zar entledigt sich seines Gehrocks, legt ihn Nijinski um die Schultern. »Le soliste du tsar, l'âme de la Russie, le plus grand danceur de tous les temps!«

»Gibts Bewegung jenseits der Zeit? Und, bittschön, was, wenn ja, bewegt sich da?« fragt hier die Bachmann oder da die Cotten.

»Batjuschka, permettez-moi de vous présenter Monsieur Perelman?«

Der Judenstern blinkt an und aus, Perelman gibt sein Handzeichen, der Kulissenschieber kippt noch ein letztes Tirolerhütchen und waltet seines Amts, er räumt die Dinge weg, die quer stehn.

»Und jetzt? Wirds unbedingt?« feixt hier die Cotten oder die Bachmann da.

Ein letzter Tröterich spektakelt draußen auf der Gasse. Das Netzgewusel liegt betreten und apathisch übers aufgewühlte Tirolerhutparkett verstreut.

»Schauts net so blöd aus der Wäsch! Wenn die Sonn aufgeht, is hier herinnen eh nix mehr.« Der Kellner Franz sammelt die Tirolerhüte ein, er arbeitet mit dem Kulissenschieber Hand in Hand.

Aschermittwochsirenen. Der Judenstern blinkt immer schneller an und aus.

Die Mayröcker läßt ihre Schreibhand sinken. »Grischka, wo nehm ich, eh es dreizehn schlägt, die Asche her?«

Der Judenstern blinkt, blinkt und blinkt und ringt nach Luft und implodiert.

Perelman schnappt sich den Zipfelmützeisbecher vom Zentraltisch, faßt sich ins Mantelfutter und klopft dem Judenstern die Asche aus dem verkohlten Sechseck seiner Mitte.

»Kreuzerln, Kreuzerln, Aschermittwochkreuzerln, Kreuzerln, Kreuzerln«, ruft die Mayröcker.

Nichts steht jetzt mehr im Weg. Tische und Stühle, Rahmentrümmer, Scherbenglas sind abgeräumt. Die nationalen Portraitantengrößen stellen sich als erste an, die Internationalen folgen, Nijinksi und die Romanows reihen sich ein, die Bücklingskellner, der Kulissenschieber und die Naserln, weich in den Knien vom ungewohnten Vorgang, stellen sich in die Schlange.

»Kreuzerln, Kreuzerln, Aschermittwochkreuzerln!«

»Der Fasching is vorüber!« Die Cotten wirft ihre Rüstung ab, es scheppert, sie schert aus.

»Wo willsten hin?« Die Mayröcker hebt ihre Schreibhand.

»Ich türme in die Zukunft«, riskiert die Cotten ein Plagiat und ihre hübsche Lippe.

Man grinst ein bißchen, feixt ein bißchen und schließt sich schließlich an.

Der Elfenbeinschmerzensmann schlägt sich zurück ans Kruzifix, Rosebud sammelt die Hackebergerchen und Nerdmeisterlein auf vom Tirolerhutparkett, stopft die in einen Kokssack aus der Requisitenkammer und wirft sich den übern Rücken als letzte Sühntat seines Dritten Manns.

Es fuhrwerkt, knischpert, knaschpert noch ein bißchen, äugt übern Sackrand, fiepst und wird zurückgeschubst.

»Ende der Fahnenstange«, raunzt der Kellner Franz, »Gott befohlen«, raunzt der und stellt sich an als letzter.

»Kreuzerln, Kreuzerln, Aschermittwochkreuzerln!«

Perelman hält den Eisaschenbecher, Mayröcker fährt die Schreibhand aus. Sie taucht den Schreibhandzeigefinger in die Asche, schreibt Kreuzerln auf die Stirnen und die Naserlnbeine. Der Callas wirft sie eines nach wie eine Kußhand, die ins Schwarze trifft, der Monroe auch, der Romysissi auch. Sie schreibt ein Kollektivkreuz übern armen Sack, und der Tirolerhutluft schreibt sie drei ein für Schlangerln und Ballonerln und Konfetti.

Die Kreuzerln sind geschrieben, die Donau rauscht, die Mayröcker bündelt ihr Rabenhaar. »Pack mers?« ruft sie und schaut sich um.

Die Schlange wird zum Zug. »Ab durch die Mitte, bitte!« ruft sie und hakt sich ein bei Perelman.

»Eins in das andre ganz vergangen oder -kommen«, wird eben noch von Bachmann oder Cotten abgelästert, dann setzt der Zug sich in Bewegung.

Die Schrift flammt auf: »1 Übergang, die Schwelle.« Die Schrift glüht, brennt.

»Geh' mer!« ruft die Mayröcker und lächelt zauberhaft.

»Und schau doch«, ruft sie, »Grischka, schau doch nur!«

Die Schwelle blendet, und die Schrift flammt auf.

Der Ton schaltet sich ein, rauscht, wie die Donau rauscht, und aus der Ferne, die so fern ist wie noch keine, singt jetzt wer.

Es windet, Mayröckers Rabenhaar weht ihr voraus, der Singer röhrt kurz von der Tonspur auf (»Jimbo«, fragt wer jetzt oder nur mehr was?), Maman, ruft eine helle Knabenstimme, »When the music is over«, röhrt der Singer, Mayröcker und Perelman fassen einander an der Hand.

»Allez«, ruft Perelman.

»Und schau doch!« ruft die Mayröcker, und »hoppla!« ruft sie, ruft »Lebt wohl, baba!«, macht einen letzten Schritt und nimmt die Erzählschwelle.